宮本武蔵

요시카와 에이지 대하소설

미야모토 무사시

6

공空의 권 上

잇북
it BOOK

차례

보현보살

1

기소木曾 가도로 접어들자 아직도 인근에는 잔설이 남아 있었다.

고갯마루의 분지에서 완만한 곡선을 이루며 뻗어나간 눈 덮인 고마가타케駒ヶ岳(타케岳는 높은 산을 뜻함)의 습곡과 불그스름하게 싹을 틔운 나무들 사이로 드문드문 온타케御岳의 하얀 속살이 보였다.

하지만 밭이며 길가는 연둣빛으로 가득했다. 바야흐로 만물이 소생하는 계절이다. 밟히고 또 밟혀도 어린 풀들은 쑥쑥 자랐다.

조타로城太郎의 밥통도 이제는 자랄 권리를 주장하고 있었다. 근래에는 특히 머리카락 자라듯 키가 훌쩍 큰 것처럼 보일 때가 있었는데, 그럴 때면 얼핏 어른이 됐을 때의 모습을 떠올리게도 했다.

철이 들자마자 세상의 풍파 속에 내던져지고, 기껏 그를 거두어준 사람도 세상을 떠돌아다니는 사람이었다. 끊임없이 세상을 떠돌며 고생을 한 탓에 아무래도 조숙해지는 것은 어쩔 수 없다지만, 근래 들어 이따금씩 드러나는 그의 건방진 모습에 오쓰お通도 종종 눈물을 지었다.

'대체 어쩌다 저 아이한테 이토록 정을 붙이게 됐을까?'

오쓰는 한숨을 내쉬며 조타로를 매서운 눈초리로 노려보기도 했지만 오쓰의 속을 누구보다도 훤히 꿰뚫고 있는 조타로에겐 아무 소용이 없었다. 오쓰가 아무리 무서운 얼굴을 하고 있어도 속으로는 자신을 무척 아끼고 있다는 것을 너무 잘 알고 있었던 것이다.

그런 뻔뻔함과 지금의 이 계절과 배고픔을 못 참는 밥통이 먹을 것만 보면 아우성을 치며 그의 발길을 멈춰 세웠다.

"오쓰 님, 오쓰 님, 저거 사줘요."

방금 전에 지나온 스하라須原의 역참에서도 전병을 팔고 있는 것을 보더니 막무가내로 사달라고 졸라댔다.

"이게 마지막이다."

오쓰가 그렇게 다짐을 두고 사줬지만, 5리도 채 못 가서 전병을 다 먹어치우더니 또 뭔가를 먹고 싶은 표정이었다.

네자메寢覚에서는 음식점의 자리를 빌려 이른 점심을 먹었기 때문에 잠잠했지만, 고개 하나를 넘어 아게마쓰上松 부근에 다다르자 슬슬 입이 궁금한 듯했다.

"오쓰 님, 오쓰 님. 곶감이 매달려 있네요? 곶감 먹고 싶지 않아요?"

소 등에 앉아 소 얼굴처럼 오쓰가 못 들은 척했기 때문에 곶감은 그냥 넘어갔지만, 얼마 후 기소에서 가장 번화한 시나노信濃 후쿠시마福島에 다다르자 마침 해도 기울고 배도 고플 무렵이어서 쉬었다 가자며 투정을 부리기 시작했다.

"쉬었다 가요, 예? 예?"

조타로는 콧소리를 내면서 고집을 피우며 꼼짝도 않겠다는 표정이었다.

"저기, 저거. 찹쌀떡 먹어요. ……싫어요?"

이쯤 되면 떼를 쓰는 건지 협박하는 건지 알 수가 없다. 그녀가 타고 있는 소의 고삐를 잡고 가는 것이 조타로였으니 그가 걷지 않는 이상 아무리 마음이 초조해도 떡집 앞을 한 발자국도 지나갈 수 없었다.

"적당히 좀 해."

오쓰도 결국 오기가 발동했다. 조타로와 한편이 되어 길바닥을 핥고 있는 소의 등 위에서 노려보며 소리쳤다.

"그렇게 내 속을 썩이면 먼저 간 무사시武蔵 님께 다 일러바칠 테야!"

오쓰가 그렇게 말하며 소에서 내리는 척했지만, 조타로는 씩 웃으며 말리려는 시늉도 하지 않고 바라만 보고 있었다.

2

조타로는 그녀가 앞서 가는 무사시에게 이르러 가지 않으리라는 것을 잘 알고 있다는 표정으로 심술궂게 물었다.

"어쩌려고요?"

오쓰는 이미 소 등에서 내린 터라 어쩔 수 없이 떡집 안으로 들어가며 말했다.

"자, 그럼 빨리 먹어."

"아주머니, 여기 2인분 주세요!"

조타로는 신이 나서 그렇게 소리치고 처마 끝에 있는 말뚝에 소를 맸다.

"나는 안 먹을 거야."

"왜요?"

"그렇게 먹기만 하다간 바보 멍청이가 될 테니까."

"그럼, 오쓰 님 것까지 내가 2인분을 먹어야지."

"정말 못 말리겠구나."

조타로는 음식을 먹는 동안에는 누가 뭐라고 해도 귀에 들어오지 않는 듯했다.

그는 몸을 숙이면 옆구리에 찬 커다란 목검이 갈비뼈에 닿아 불편했는지 목검을 등 뒤로 획 돌리고는 게걸스럽게 떡을 먹으며 길거리를 두리번거렸다.

"빨리 좀 먹어. 한눈팔지 말고."

"……어?"

조타로는 무엇을 봤는지 쟁반에 남아 있는 떡 하나를 서둘러 입 안에 우겨넣더니 길가로 뛰어나가서 손그늘을 만들고 무언가를 바라보았다.

"이젠 됐지?"

오쓰가 떡값을 두고 가게에서 나오자 조타로는 그녀를 다시 안으로 끌고 들어갔다.

"잠깐만요."

"왜, 또 무슨 떼를 쓰려고?"

"방금 저기로 마타하치又八가 지나갔단 말이에요."

"거짓말."

오쓰는 믿지 않았다.

"그 사람이 여길 지나갈 리가 없잖아."

"이유는 나도 모르지만, 방금 전에 저쪽으로 분명히 갔다고요. 삿갓을 쓰고 있었는데, 오쓰 님은 눈치 못 챘어요? 우리 쪽을 물끄러미 보고 있었어요."

"정말이니?"

"그렇게 못 믿겠으면 불러올까요?"

말도 안 되는 소리였다. 오쓰는 마타하치라는 이름만 듣고도 다시 병자로 돌아간 듯 얼굴에서 핏기가 가셨다.

"괜찮아요. 걱정하지 않아도 된다고요. 만약 무슨 일이 생기면 앞서 가고 있는 스승님께 달려가서 도움을 청할 거니까요."

여기서 이렇게 계속 마타하치가 두려워서 머뭇거리고 있다가는 몇 정町(1정은 약 109미터) 앞서 가고 있는 무사시와도 자연스럽게 더 멀어질 것이다.

오쓰는 다시 소에 올라탔다. 병을 앓고 난 몸은 아직도 정상이 아니었다. 지금 같은 얘기를 갑자기 들으면 가슴이 쉽게 진정되지 않았다.

"오쓰 님, 난 정말 이해할 수가 없어요."

조타로가 불쑥 그렇게 말하더니 오쓰의 마른 입술을 돌아봤다.

"뭘 이해할 수 없느냐면 마고메 고개馬籠峠의 폭포까지는 스승님과 이야기도 나누면서 셋이서 사이좋게 왔는데, 그 뒤로는 전혀 말을 하지 않잖아요."

오쓰가 대답을 하지 않자 다시 물었다.

"오쓰 님, 왜 그래요? 예? 길도 따로 가고 밤에도 다른 방에서 자고…… 싸우기라도 했어요?"

3

'또 쓸데없는 걸 묻네.'

먹는 이야기가 끝났나 싶었더니 이번엔 야무진 입으로 쉴 새 없이 조잘거린다. 아니, 조잘거리는 것까지야 괜찮았지만 쓸데없이 오쓰와 무사시의 사이가 어떤지 묻기도 하고, 탐색하듯 떠보기도 하고, 심지어 놀리기까지 했다.

'어린 녀석이.'

오쓰는 한동안 심하게 가슴앓이를 한 만큼 진지하게 대답할 마음이 들지 않았다. 하지만 가슴앓이 이상의 문제는 여전히 아무것도 해결되지 않았다.

마고메 고개의 여자 폭포와 남자 폭포의 용소에는 아직도 그때 자신이 흐느끼던 소리와 무사시의 화난 목소리가 쏴아쏴아, 콸콸 흐느껴 울면서 두 사람의 엇갈린 마음이 풀어지기 전까지는 백년이고 천년이고 한이 되어 남아 있을 것이다.

그때를 생각할 때마다 그 소리가 어김없이 그녀의 귓가에 되살아났다.

'내가 왜 그랬지?'

오쓰는 그때 무사시의 솔직하고 뜨거운 욕망을 온몸으로 거부한 것을 얼마나 후회했는지 모른다.

'왜? 도대체 왜 그랬지?'

그리고 한편으로는 이해해보려고도 애썼다.

'남자들은 누구나 여자에게 그런 걸 강요할까?'

슬프고 비참했다. 그녀가 오랫동안 홀로 간직해 온 고귀한 사랑은 남녀폭포의 산을 넘은 이후로 그 폭포수처럼 그녀의 가슴을 끊임없이 뒤흔드는 것으로 변해 있었다.

그리고 그녀가 더욱 이해할 수 없는 것은 무사시의 강렬한 포옹을 뿌리치고 도망친 주제에 이렇듯 무사시를 놓칠까 안절부절못하면서 그의 뒤를 따라가는 모순이었다.

물론 그 일이 있은 뒤로는 서로 어색해져서 좀처럼 말도 하지 않고 나란히 걷지도 않았다.

하지만 앞에서 가는 무사시도 뒤에서 따라오는 소의 걸음에 맞춰서 처음의 에도江戸까지 같이 가자는 약속을 깰 생각은 없는 듯 조타로 때문에 이따금 지체되어도 어딘가에서 반드시 자신들을 기다려주었다.

후쿠시마福島를 지나자 고젠 사興禪寺 모퉁이의 오르막길 너머로 검문소 울타리가 보였다. 세키가하라関ヶ原 전투 이후로 낭인이나 여자들의 통행에 검문검색이 심해졌다는 말은 들었지만 가라스마루烏丸 가에서 받은 증명서가 있었기 때문에 쉽게 지날 수 있었다. 검문소 양쪽에 있는 주막에서 쏟아지는 사람들의 시선을 받으며 가고 있는데 조타로가 오쓰에게 불쑥 물었다.

"보현이 뭐지? 오쓰 님, 보현이 뭐예요?"

"보현?"

"방금 지나온 주막에서 쉬고 있던 스님들하고 나그네들이 오쓰 님을 가리키며 그렇게 말했어요. 소를 타고 가는 보현 같다고요."

"보현보살을 말하는 거겠지."

"보현보살? 그럼 난 문수보살이겠네. 보현보살과 문수보살은 어디나 붙어 다니니까."

"먹보 문수보살이니?"

"울보 보현보살이니까 딱 어울리죠."

"또!"

오쓰가 얼굴을 붉히자 조타로는 이상한 질문을 했다.

"문수보살과 보현보살은 남자와 여자도 아닌데 어째서 그렇게 늘 붙어 다닐까요?"

오쓰는 절에서 자랐기 때문에 그 질문에 대해 설명해줄 수 있었지만, 조타로가 또 건수라도 잡은 듯 집요하게 물고 늘어질까 봐 짧게 대답했다.

"문수는 지혜, 보현은 행원行願(신행身行과 심원心願을 통틀어 이르는 말로 다른 이를 구제하고자 하는 바람과 그 실천 수행이다)을 나타내는 부처님이야."

그때 언제 어디서 나타났는지 쇠파리처럼 소 엉덩이 쪽에서 따라온 사내가 날카로운 목소리로 그들을 불러 세웠다.

"어이!"

아까 후쿠시마에서 조타로가 얼핏 봤다는 혼이덴 마타하치本位田又八였다.

4

이 근방에서 기다리고 있었던 게 틀림없다.

'비열한 사람.'

오쓰는 그의 얼굴을 보자 치밀어 오르는 경멸을 어쩔 수가 없었다.

"……."

마타하치는 마타하치 나름대로 오쓰를 보자 애증이 교차되는 감정을 미간에 고스란히 드러내며 이성을 잃은 듯했다.

하물며 그는 무사시와 오쓰가 교토京都를 떠난 이후로 함께 다니는 것을 보았다. 그 후 서로 말도 하지 않고 서먹서먹한 듯 따로 떨어져 가는 것도 필시 낮에는 사람들의 눈을 피하자는 속셈에 지나지 않는다고 생각했다. 그런 만큼 사람들이 보지 않을 때는 반대로 서로가 얼마나 뜨거운 사랑을 나눌까, 하고 그릇된 상상을 하고 있었다.

"내려."

마타하치는 소 등에 앉아 고개를 숙이고 있는 오쓰에게 명령하듯 말했다.

"……."

오쓰는 뭐라고 대답할 말이 없었다. 이미 마음에서 지운 사람이었다. 아니, 수년 전에 이미 그가 먼저 결혼이라는 약속을 파기해놓고, 일전에는 교토의 기요미즈 사清水寺 골짜기에서 칼을 들고 자기를 죽이려고까지 했던 사람이다.

굳이 대답한다면 '이제 와서 무슨 일이냐.'는 말밖에는 할 말이 없었다. 잠자코 있는 그녀의 눈 속에 증오와 경멸이 가득 찼다.

"어서 내리지 못해!"

마타하치가 다시 소리쳤다.

그도 오스기お杉라는 그의 어머니도 고향에서처럼 그녀에게 하던 말투를 아직 버리지 못하고 이미 파혼한 그녀에게 함부로 말하는 것에 오쓰는 울컥 반감이 솟았다.

"무슨 일이죠? 난 내릴 이유가 없어요."

"뭐라고?"

마타하치는 성큼성큼 소 옆으로 다가오더니 그녀의 소맷자락을 움켜잡았다.

"잔말 말고 내려! 너한테는 내릴 이유가 없어도 난 너에게 볼일이 있어."

그는 지나가는 사람들은 안중에도 없다는 듯 위협적인 목소리로 소리쳤다.

그러자 그때까지 옆에서 잠자코 보고 있던 조타로가 잡고 있던 고삐를 내던지고 앞으로 나섰다.

"싫다는데 왜 그래요?"

조타로는 소리를 지르고는 마타하치의 가슴팍을 힘껏 밀쳤다.

"아니, 이놈이!"

비틀거리던 마타하치는 짚신 끈을 고쳐 매고 뒷걸음질 치는 조타로에게 소리쳤다.

"어디서 본 코흘리개인가 했더니 기타노北野의 술집에 있던 애송이구나?"

"이제야 알아봤나 보네. 자기야말로 요모기야蓬屋의 오코お甲라는 아줌마한테 만날 구박만 받고 찍소리도 못했으면서."

마타하치에게는 가장 아픈 곳이었다. 하물며 오쓰가 바로 눈앞에 있었다.

"이 쥐방울만 한 놈이!"

마타하치가 붙잡으려고 하자 조타로는 재빨리 반대쪽으로 달아나며 소리쳤다.

"내가 코흘리개면 자긴 뭔데? 코 밑에 길게 늘어져 있는 콧물인가?"

마타하치가 가만두지 않겠다는 얼굴로 다가오자 조타로는 소를 방패 삼아 두세 번 오쓰의 밑에서 빙글빙글 돌며 도망쳐 다녔지만, 결국 마타하치에게 목덜미가 잡히고 말았다.

"자, 다시 한 번 말해봐!"

"못할 것도 없지."

긴 목검을 반쯤 빼든 순간 그의 몸은 가로수 너머의 덤불 쪽으로 고양이처럼 내동댕이쳐졌다.

5

덤불 아래쪽은 논도랑이었다. 조타로는 진흙을 뒤집어쓴 미꾸라지 같은 모습으로 원래 있던 가로수 길로 기어 올라왔다.

"어?"

주위를 둘러보자 소는 오쓰를 태운 채 무거운 몸을 흔들면서 저쪽으로 뛰어가고 있었다.

고삐를 잡아당기면서 고삐의 한쪽 끝을 채찍처럼 휘두르며 함께 뛰어가고 있는 것은 분명 마타하치였다.

"이런 제길."

그 광경을 본 조타로는 책임을 다하지 못한 자신의 나약함에 화가 치밀어 주위에 위급을 알리고 한시라도 빨리 대책을 강구해야 한다는 것도 잊고 있었다.

하얀 구름 띠는 분명히 움직이고 있었지만 움직이고 있는 것으로는 보이지 않았다. 구름 위로 치솟은 고마가타케는 그 드넓은 산자락에 파도처럼 솟은 언덕에서 쉬고 있는 나그네에게 무언가 무언의 말을 하고 있는 듯 선명하게 올려다보였다.

'내가 대체 무슨 생각을 한 거지?'

무사시는 문득 자신을 되돌아보았다.

눈은 산을 보면서 마음은 온통 오쓰에게 가 있었다. 그에게는 풀 수 없는 문제였다. 아무리 생각해봐도 그녀의 진심을 알 수 없었다. 급기야는 화가 치밀었다. 그녀에게 솔직하게 다가간 것이 왜 잘못이란 말인가. 하물며 자신의 가슴속에서 그 불덩이를 불러낸 것은 그녀가 아니었던가. 자신은 자신의 정열을 있는 그대로 그녀에게 보여주었다. 하지만 그녀의 손은 자신을 뿌리치고 자신을 경멸하듯 바라보며 몸을 돌려버렸다.

그 후에 남겨진 비참함과 부끄러움, 그리고 주체할 수 없는 참혹한 심경. 그것을 씻어내려고 용소에 뛰어들었지만, 시간이 흐를수록 또다시 주체할 수 없는 미망이 솟아오른다. 무사시는 그런 자신을 몇 번이나 비웃었다.

'여자 따윈 뿌리쳐버리고 왜 앞으로 나아가지 못하느냐!'

무사시는 자신에게 명령해보았지만, 그것은 그저 어리석은 자신에게 변명이라는 허식을 덧씌우는 것에 지나지 않았다.

에도로 가서 그녀는 좋아하는 것을 배우고 자신도 뜻한 바에 매진하자고 암암리에 미래를 약속하고 교토를 떠나온 이상 자신에게도 책임이 있다. 도중에 버리고 갈 수 있는 일이 아니라고 생각한다.

'어떻게 될까? 우리 두 사람은. 또 내 검은.'

무사시는 산을 올려다보며 입술을 깨물었다. 너무나 하찮은 자신이 부끄러웠다. 이렇게 고마가타케를 마주보고 있는 것조차 괴로웠다.

"아직인가?"

무사시는 기다리다 못해 벌떡 일어섰다. 벌써 뒤따라왔어야 할 오쓰와 조타로가 보이지 않았다.

오늘 밤은 야부하라薮原에서 묵을 것이라고 미리 일러두었고, 미야노코시宮腰 숙소까지는 아직 멀었는데 이미 해는 기울기 시작했다.

이 언덕에서 보면 10정이나 멀리 떨어진 숲까지 길이 한눈에 들어왔지만, 그들로 보이는 모습은 어디에도 없었다.

"혹시 검문소에서 뭐가 잘못됐나?"

그냥 버리고 갈까 하는 마음이 들지 않는 것도 아니었지만 무사시는 막상 그들이 보이지 않자 이내 걱정이 되어 한 걸음도 내디딜 수가 없었다.

무사시는 그곳의 낮은 언덕에서 뛰어 내려갔다. 야생마들이 그의 모습에 놀란 듯 어둑어둑해지기 시작한 들판을 사방으로 흩어져 달아났다.

"여보시오 무사님. 무사님은 소를 탄 여자 분과 일행이 아니신지요?"

무사시가 길가로 나오자마자 길을 가던 사람이 그렇게 말하면서 다가왔다.

"예, 그들에게 무슨 일이라도 생긴 것이오?"

상대방의 말을 다 듣지도 않고 무사시는 왠지 불길한 예감이 들어 재빨리 되물었다.

기소의 젊은이

1

검문소 주막과 그리 멀지 않은 곳에서 혼이덴 마타하치가 오쓰를, 그녀가 탄 소와 함께 어딘가로 끌고 달아났다는 이야기는 그것을 목격한 나그네들의 입을 통해 전해져서 이미 이 일대에서는 모르는 사람이 없을 정도였다.

무사시만 언덕 위에 있었기 때문에 그 사실을 모르고 있었던 것이다.

무사시는 황망히 왔던 길을 되짚어 달려갔지만, 그 일이 일어난 지 이미 반 시진이나 지난 후였다. 만약 그녀의 신변에 무슨 일이 생겼다면 이미 늦은 시간이었다.

"이보시오, 주인장!"

검문소 문은 여섯 시경에 닫기 때문에 그에 맞춰 탁자를 정리하던 주막집 주인은 누군가 뒤에서 그렇게 부르자 뒤를 돌아보며 물었다.

"뭐 잊으신 거라도 있으십니까?"

"아니, 반 시진쯤 전에 여길 지나간 여자와 소년을 찾고 있소만."

"아아, 소를 타고 가던 보현보살님 같은 여자분 말이군요."

"그렇소. 그 두 사람을 어떤 낭인 차림의 사내가 강제로 끌고 갔다는데, 어디로 갔는지 아시오?"

"직접 보지는 못했지만 들리는 얘기에 따르면 저기 보이는 무덤에서 샛길을 돌아 노부노이케野婦之池 쪽으로 끌고 갔다고 하더군요."

무사시는 주인이 가리키는 황혼 속으로 뛰어갔다. 가면서 들은 얘기를 종합해봐도 누가 뭣 때문에 그녀를 납치해 갔는지 도저히 짐작이 가지 않았다.

설마 그 장본인이 마타하치일 것이라고는 꿈에도 생각하지 못했다. 언젠가는 이 길을 가다 도중에 만나거나, 아니면 에도에서 만나거나 할 텐데, 일전에 에이 산叡山의 무도 사無動寺에서 고개를 넘어 오츠大津로 가는 길에 있는 고갯마루 찻집에서 5년이나 묵은 오해를 풀고 서로 어릴 적 친구로 돌아가 손을 맞잡고 지난 일은 다 잊기로 했다. 게다가 무사시에게 격려의 말을 듣고 마타하치는 눈물을 흘리기조차 했다.

"공부할게. 반드시 참된 인간으로 다시 태어날 테니 날 동생으로 생각하고 잘 이끌어줘."

마타하치는 그렇게 말하며 기뻐했다.

무사시가 그런 마타하치를 어찌 의심하겠는가. 의심한다면 전란 후에 각지에서 일자리를 찾다가 결국 찾지 못하고 부랑자라 불리는 낭인이든지, 세상의 흐름과는 상관없이 세상의 허점을 기웃거리고 있는 사기꾼이든지, 인신매매범이든지, 난폭한 도적이든지, 아니면 이 근방의 산적일 것이었다.

무사시로서는 그렇게밖에 생각할 수 없었다. 하지만 그 또한 어둠 속에서 바늘 찾기와 같은 것이었다. 노부노이케 방향이라는 것만 알고 길을 재촉했지만, 해가 지자 별이 총총한 밤하늘과는 반대로 칠흑 같은 어둠에 싸인 지상은 한 치 앞도 보이지 않았다.

무엇보다도 노부노이케라고 들었지만 그런 이름의 연못은 좀처럼 찾을 수 없었다. 게다가 논이며 밭이며 숲이며 완만한 오르막 경사였고, 길도 조금씩 올라가는 느낌인 것을 고려하면 이미 고마가타케의 기슭에 접어든 것 같았다.

"길을 잘못 들었나?"

무사시는 갈피를 못 잡고 막막한 어둠 속을 둘러보다가 고마가타케의 거대한 절벽을 등지고 있는 방풍림에 둘러싸인 농가 근처에서 모닥불인지 가마의 불인지 빨갛게 타고 있는 불빛을 발견했다.

다가가서 안쪽을 들여다보니 눈에 익은 점박이 소가 농가의 부엌 바깥에 묶여서 한가하게 울고 있었다. 하지만 오쓰의 모습은 어디에도 보이지 않았다.

2

"어? 그 소네?"

무사시는 안심하며 가슴을 쓸어내렸다. 오쓰가 타고 있던 소가 이 집에 묶여 있으니 오쓰도 함께 이곳으로 끌려온 것은 이제 의심할 여지가 없었다.

'그런데 이 방풍림에 싸인 농가의 주인은 대체 누굴까?'

섣불리 들이닥쳤다가는 또다시 오쓰를 빼돌릴까 봐 조심하며 무사시는 잠시 몸을 숨긴 채 안쪽의 동태를 살폈다.

"어머니, 이제 그만하세요. 눈이 나쁘다고 하시면서 그렇게 어두운 곳에서 언제까지 일만 하고 계실 거예요?"

장작과 등겨가 흩어져 있는 귀퉁이의 어둠 속에서 난데없이 큰 소리로 말하는 사람이 있었다.

또 무슨 소리가 들릴까 귀를 기울이고 있는데 불빛 그림자가 흔들리고 있는 부엌의 옆방에서인지 그 옆의 망가진 장지문이 닫혀 있는 곳에서인지 희미하게 실을 잣는 물레소리가 들렸다.

물레소리는 곧 멎었다. 방금 아들이 큰 소리로 뭐라고 하자 어머니가 일손을 놓은 모양이다. 구석에 있는 헛간에서 일을 하던 아들이 이윽고 헛간에서 나와 문을 닫으면서 말했다.

"어머니, 이제 발 씻고 들어갈 테니 저녁이나 차려주세요, 알았죠?"

그가 짚신을 들고 부엌 옆의 개울가로 가서 돌 위에 걸터앉아 발을 씻고 있는데 어깨 너머로 암소가 얼굴을 쓱 들이밀었다.

아들은 암소의 콧등을 쓸어주면서 대꾸도 없는 안방을 향해 다시 소리쳤다.

"어머니, 이따 시간 나면 잠시 이리로 와보세요. 우리 오늘 횡재했어요. 뭔지 아세요? 바로 소예요. 그것도 아주 좋은 암소예요. 밭일에도 쓸 수 있고, 젖도 얻을 수 있어요."

무사시가 그 말을 잘 듣고 그가 누구인지 좀 더 살폈더라면 실수를 하지 않았을 텐데, 공교롭게도 그는 이미 분위기만 대충 파악하고 나무 울타리의 입구를 찾아서 집 옆으로 다가가 있었다.

농가치고는 제법 넓었고 모양새를 보아도 오래된 집임에는 틀림없었지만, 소작인은 물론이고 여자의 손길도 미치지 않았는지 초가지붕은 다 낡아서 사람이 안 사는 집 같았다.

"……?"

무사시는 불이 켜져 있는 작은 창 아래의 돌을 밟고 안방을 몰래 들여다보았다.

그의 눈에 가장 먼저 들어온 것은 검은 중인방에 걸려 있는 한

자루의 나기나타薙刀(일본식 언월도)였다. 민간에서는 좀처럼 볼 수 없는 고급스러운 칼이었다. 흡사 훌륭한 무장이 쓰던 도검처럼 손때가 묻은 가죽 칼집에는 금박이 어렴풋이 남아 있었다.

'이상해.'

무사시의 의심은 더욱 깊어졌다. 아까 구석의 헛간에서 발을 씻으러 나온 젊은 사내의 얼굴은 얼핏 보았을 뿐이지만 불빛에 비친 그의 눈빛은 도저히 평범한 사람의 눈빛이 아니었다.

농부의 작업복에 진흙투성이의 각반을 차고 허리에 칼을 차고 있었다. 둥근 얼굴 위로 흘러내린 머리카락을 눈썹이 당겨지도록 위로 동여맸고, 키는 5척 반이 되지 않았지만 떡 벌어진 가슴팍이며 다부진 몸매에 앉아 있는 자세도 좋았다.

'보통내기가 아니다.'

무사시는 아까 사내를 보았을 때 이미 그런 생각을 했다. 그런데 아니나 다를까 안방에는 농부에겐 어울리지 않는 나기나타가 걸려 있었다. 그리고 골풀을 깐 방에는 사람도 보이지 않고 그저 커다란 화로 속에서 탁탁 소리를 내며 소나무 장작이 타고 있었는데, 그 연기가 창문을 통해 밖으로 자욱하게 흘러나오고 있었다.

"……앗!"

무사시는 얼른 소맷자락으로 입을 틀어막고 숨을 참아보았지만 새어나오는 재채기는 막지 못했다.

"누구냐?"

부엌에서 노파의 목소리가 들렸다. 무사시가 창문 아래에 웅크리고 있자 노파가 화로가 있는 방으로 들어왔는지 다시 그 방에서 소리가 들렸다.

"곤노스케權之助야! 헛간 문은 잠갔느냐? 또 좀도둑이 들어와서 재채기를 하고 있구나."

3

'오길 잘했다.'

먼저 사내를 사로잡고, 오쓰를 어디에 숨겨두었는지 알아내는 것은 그다음 일일 것이다.

노파의 아들로 보이는 그 사내 외에 어쩌면 두세 명이 더 있을지도 모르지만, 그 사내만 제압하면 머릿수는 문제가 아니었다.

무사시는 안방에 있는 노파가 아들의 이름을 부르는 것과 동시에 작은 창 아래를 벗어나 이 집을 둘러싸고 있는 나무숲 한쪽에 몸을 숨겼다.

"어디요?"

그때 곤노스케라고 불린 아들이 뒤편에서 성큼성큼 뛰어나오더니 다시 한 번 큰 소리로 외쳤다.

"어머니, 뭐라고요?"

노파가 일어서는 모습이 작은 창에 비쳤다.

"방금 그 근처에서 재채기 소리가 들렸다."

"잘못 들으신 거 아니에요? 어머닌 요즘 눈도 나빠졌고, 덩달아 귀도 잘 안 들리시잖아요."

"아니다. 누군가 분명히 창으로 방 안을 살피고 있었어. 연기를 마시고 재채기를 한 거야."

"흠."

곤노스케는 성곽을 거닐 듯 대충 주변을 둘러보다가 중얼거렸다.

"그러고 보니 왠지 사람 냄새가 나는 것 같기도 하네."

무사시가 선뜻 나서지 못한 이유는 어둠 속에서 반짝이는 곤노스케의 눈동자가 살기로 이글거리고 있었기 때문이다. 게다가 발끝에서 가슴팍까지 쉽사리 치고 들어갈 수 없는 대비 태세를 갖추고 있었기 때문에 그 또한 의심스럽게 여기며 무엇을 갖고 있는지 확인하기 위해 그가 걸어 다니는 모습을 주시하고 있었더니 넉 자 정도의 둥근 지팡이를 오른손에 들고 등 뒤로 숨기고 있는 것이 보였다.

그 지팡이도 아무 데서나 주워온 막대기가 아니라 무기로서의 빛을 지니고 있었다. 뿐만 아니라 무사시에게는 지팡이와 지팡이를 든 사람이 둘이 아니라 완벽한 하나로 보였다. 이 사내가 평소 얼마나 그 지팡이와 하나가 되어 살았는지 알 수 있을 정도였다.

"앗, 웬 놈이냐?"

갑자기 지팡이가 바람을 일으키며 곤노스케의 등 뒤에서 앞으로 뻗어 나왔다. 무사시는 그 바람에 날리듯 지팡이 끝에서 조금 비스듬하게 몸을 옮겼다.

"일행을 데려가려고 왔다."

무사시는 상대가 자신을 노려본 채 아무 말도 하지 않자 다시 말했다.

"길에서 이리로 납치해온 여자와 아이를 내놓아라! 만약 무사히 돌려보내고 사죄한다면 용서해주겠지만, 어디 다치기라도 했다면 용서치 않겠다."

사방을 에워싸고 있는 고마가타케의 눈 덮인 골짜기에서 마을과는 습도 차이가 상당히 나는 차가운 바람이 이따금 불어왔다.

"어서 데리고 와!"

세 번째다.

무사시가 눈바람보다 더 날카로운 목소리로 소리치자 지팡이를 거꾸로 들고 잡아먹을 듯한 눈으로 쏘아보고 있던 곤노스케의 머리카락이 고슴도치처럼 곤두섰다.

"이 말똥 같은 놈아! 내가 납치범이라고?"

"그렇다! 여자와 아이 둘밖에 없다고 얕보고 이곳으로 납치해

온 것이 분명하다. 어서 그들을 내놓아라!"

"뭐, 뭐라고?"

갑자기 곤노스케의 몸에서 넉 자가 넘는 지팡이가 뻗어 나왔다. 지팡이가 손인지, 손이 지팡이인지, 그 속도는 눈에 보이지 않을 정도로 빨랐다.

4

무사시는 사내의 놀라운 실력과 힘 앞에서 그저 피할 수밖에 없었다.

"너 이놈, 나중에 후회하지 말거라."

그리고 일단 이렇게 경고하고 몇 발자국 뒤로 물러났지만, 상대도 "입만 살았구나."라고 소리치면서 한 순간도 틈을 주지 않겠다는 듯 달려들었다. 열 걸음 물러나면 열 걸음 쫓아왔다. 다섯 걸음 피하면 다섯 걸음 다가왔다.

무사시는 상대로부터 물러나 거리가 벌어지는 간발의 순간마다 두어 번 칼자루로 손을 가져가려 했지만, 그때마다 위험을 느끼고 결국 칼을 뽑아 들지 못했다.

왜냐하면 손을 칼자루에 대는 순간 적에게 팔꿈치가 그대로 노출되어 빈틈이 생기기 때문이었다. 적에 따라서 그런 위험을 느끼지 않는 경우와 경계하게 되는 경우가 있는데, 눈앞의 적이 휘두르는 지팡이는 무사시가 마음속에서 준비하는 행동보다 훨씬 빠르고 거칠었다.

'대체 이자는 뭐 하는 자야?'

그런 그에게 무모하게 맞서다가는 일격에 뻗을 것이 분명했고, 조바심을 갖는 것만으로도 호흡에 받는 압박 때문에 몸의 균형이 흐트러져버릴 것이었다.

게다가 또 하나 무사시가 자중할 수밖에 없는 것은 곤노스케라는 인간이 대체 뭘 하는 자인지 전혀 짐작할 수 없었기 때문이다.

그가 휘두르는 지팡이에는 일정한 법칙이 있었고, 그가 내딛은 다리를 비롯해 신체 곳곳이 무사시가 보기에는 흡사 금강불괴의 몸처럼 강건했다. 이전에 만난 몇 명의 고수들 중에서도 떠올릴 만한 사람이 없을 정도로 이 흙투성이의 촌부는 머리부터 발끝까지 무술의 '길'에 적합할 뿐만 아니라 무사시가 그토록 찾아 헤매던 무도의 정신력으로 가득 차 있었다.

이렇게 설명하면 무사시나 곤노스케 모두 서로를 탐색하며 유유히 자세를 취하고 있는 것처럼 생각하겠지만, 사실은 촌각을 다투며 정신없이 움직이고 있었다. 그중에서도 특히 곤노스케의 지팡이는 한시도 멈추지 않았다.

"이얍!"

곤노스케는 온몸으로 숨을 쉬거나 땅을 박차며 공격해 들어오거나 붕붕 지팡이를 휘두르며 공격할 때마다 사투리로 욕을 해대며 치고 들어왔다.

아니, 치고 들어오는 것만이 아니었다. 곤노스케는 한 손뿐 아니라 양손을 사용해서 치고 들어오고, 후려치고, 찌르고, 휘둘렀다.

또 검은 칼끝과 칼자루 부분이 명확하게 구분되어 있어서 한 쪽만 활용할 수 있지만, 지팡이는 양쪽이 칼끝도 되고 창끝도 되었다. 그것을 자유자재로 사용하는 곤노스케의 지팡이 실력은 흡사 엿장수가 엿을 늘이는 데 길게도 하고 짧게도 하는 것처럼 보는 이로 하여금 눈을 의심케 할 정도였다.

"곤아, 조심하거라. 상대는 범상치 않은 자다!"

그때 갑자기 안방의 창에서 노파가 이렇게 소리쳤다. 무사시가 적에게 느끼고 있는 것을 노파도 아들의 입장이 되어 똑같이 느꼈던 것이다.

"일없수다, 어머니."

곤노스케는 어머니가 바로 옆에 있는 창에서 걱정스럽게 보고 있는 것을 알자 맹렬하게 공격을 가했다. 그러나 한 차례의 공격을 어깨 너머로 흘리고 바싹 다가선 무사시에게 손목을 잡힌 순간 그의 몸은 커다란 바위가 떨어지듯 쿵 소리를 내며 등부터 땅바닥에 내리꽂히고 말았다.

"기다리시오, 낭인!"

자식의 생명이 위험하다고 느꼈는지 작은 창에 매달려 있던 노모가 창문의 대나무 격자를 부수고 무사시에게 소리쳤다. 그녀의 낯빛은 무사시의 다음 행동을 무심코 주저하게 만들었다.

5

그때 노모의 머리카락이 곤두선 것처럼 보인 것은 육친으로서 당연한 모습일 것이다. 아들인 곤노스케가 내동댕이쳐진 것은 노모에겐 상상할 수도 없는 일이었다. 아들을 내동댕이친 무사시의 손은 당연히 다음 순간에는 벌떡 일어서는 곤노스케를 향해 칼을 날릴 것이다.

하지만 그런 일은 벌어지지 않았다.

"그래, 기다려주지."

무사시는 곤노스케의 가슴에 올라타더니 여전히 지팡이를 쥐고 있는 그의 오른손 손목을 발로 밟은 채 노모가 얼굴을 드러낸 작은 창을 돌아보았다.

"……?"

그러나 무사시는 바로 시선을 돌렸다.

노모의 얼굴이 창에서 보이지 않았기 때문이다. 무사시에게 깔린 곤노스케는 무사시에게서 벗어나려고 끊임없이 몸부림을 쳤고, 무사시가 제압하지 못한 그의 두 다리는 허공을 차거나 땅을 구르며 열세를 만회하려고 갖은 애를 쓰고 있었다.

그런 그에게도 결코 방심할 수 없는 상황이었건만, 창에서 사라진 노파가 부엌 옆에서 쏜살같이 달려오더니 무사시에게 깔린 아들을 질책하며 이런 말을 하는 것이었다.

"이게 무슨 꼴이냐, 못난 놈. 이 어미가 도와줄 테니, 절대 지지 말거라."

노파가 창가에서 기다리라고 하기에 무사시는 당연히 노파가 자신에게 와서 땅바닥에 엎드려 아들의 목숨을 구걸할 것이라고 생각했다. 그러나 예상과는 달리 풍전등화의 처지에 놓인 아들을 독려해서 다시 싸우게 하려는 생각인 듯했다.

노파를 보니 가죽 칼집에서 뺀 나기나타를 등 뒤에 감추고 있었다. 노파는 무사시의 등을 노리면서 말했다.

"어디서 굴러먹다 온 낭인인지 모르겠지만 하찮은 재주를 믿고 우릴 깔보았겠다. 이 집이 평범한 농가라고 생각했느냐?"

등 뒤에 적이 있다는 것은 지금의 무사시에겐 꽤나 부담스러운 일이었다. 자신이 깔고 앉아 있는 상대가 살아 있는 사람이고 보니 자유롭게 뒤를 돌아볼 수도 없었다. 곤노스케도 등 쪽의 옷과 살갗이 벗겨질 정도로 땅바닥을 쓸면서 어머니에게 유리한 위치를 만들어주려고 끊임없이 움직였다.

"뭐야, 이 새끼. 어머니, 걱정 마세요. 지금 당장 튕겨낼 테니 너무 가까이 오지는 마시고요."

곤노스케가 끙끙거리면서 말하자 노모가 질책했다.

"조급해하지 말거라. 저런 떠돌이 무사 놈한테 져서야 되겠느냐! 기소木曽 님의 가신 중에서도 그 이름을 떨쳤던 다유보 가쿠묘太夫房覚明의 피는 어디로 갔단 말이냐!"

그러자 곤노스케가 바로 대답했다.

"바로 이 몸 안에 있소!"

그러고는 고개를 들어 무사시의 허벅지를 물고 늘어졌다. 이미 지팡이를 놓은 양손으로는 밑에서 무사시를 움직이지 못하게 꽉 붙들고 무사시가 기술을 걸 여지를 주지 않았다. 그 틈에 노모는 나기나타를 들고 무사시의 등을 노리고 돌아갔다.

"기다리시오, 노파!"

이번에는 무사시가 소리쳤다. 여기서 싸우는 것은 어리석은 짓이라는 걸 깨달았기 때문이다. 이 이상 진행되었다간 베이거나 누구 하나가 죽지 않으면 끝나지 않을 것이다. 그렇게까지 해서 오쓰와 조타로를 구할 수 있다면 몰라도 아직은 그것조차 의심에 지나지 않았다. 그래서 일단은 이번 사태의 전말을 얘기하는 것이 좋을 것 같다고 생각했던 것이다.

무사시는 우선 노파에게 칼을 거두라고 말했다. 그러자 노파는 깔려 있는 아들과 상대의 타협안을 받아들일지 거부할지 상의했다.

"곤아, 어쩌겠느냐?"

6

화로의 소나무 장작이 마침 활활 타오르고 있었다. 이 집의 모자가 무사시와 함께 안방까지 온 것은 서로 이야기를 한 끝에 쌍방의 오해가 풀렸기 때문이다.

"이거 참, 큰일 날 뻔했구려. 오해로 그런 일이……."

노모는 사뭇 안심한 듯 자리에 앉더니 함께 앉으려던 아들을 제지하며 말했다.

"얘, 곤노스케야."

"예."

"앉기 전에 이 무사님을 모시고 집 안을 구석구석 보여드리는 게 좋겠구나. 방금 밖에서 들은 여자와 아이를 우리가 숨겨놓고 있는 게 아니라는 걸 확인시켜드려야 하지 않겠느냐."

"그렇군요. 제가 길거리에서 여자를 납치한 사람으로 의심받는 것도 유감스런 일이니까요. 무사님, 저를 따라 이 집의 어디든 직접 확인해보시지요."

들어오라는 노모의 말에 무사시는 짚신을 벗고 이미 화로 앞에 자리를 잡고 앉아 있다가 두 사람의 말에 손을 저으며 대답했다.

"아닙니다. 이미 두 분의 결백은 확인했습니다. 의심했던 저를 용서해주시길 바랍니다."

무사시가 사죄를 하자 곤노스케도 멋쩍어 하며 말했다.

"저도 잘한 건 아니지요. 먼저 그쪽 얘기부터 듣고 나서 화를 내도 냈어야 했는데 말입니다."

곤노스케는 화롯가로 다가가 책상다리를 하고 앉았다. 하지만 무사시로서는 오해가 풀린 지금도 묻고 싶은 것이 아직 남아 있었다. 그것은 아까 밖에서 본 점박이 소와 관련된 의문이었다. 소는 자신이 에이 산에서 끌고 와서 도중에 병후 후유증으로 심신이 허약해진 오쓰에게 타고 가라고 내주고, 조타로에게는 고삐를 맡긴 것이었다. 그런데 그 소가 어떻게 이 집에 있는 것일까?

"아, 그 소 때문이라면 저를 의심하는 것도 무리가 아닙니다."

곤노스케가 그렇게 대답하며 말을 이었다.

"사실 저는 이 근방에서 밭을 조금 가지고 농사를 짓는 농사꾼입니다만, 어젯밤 노부노이케에서 그물로 붕어를 잡아 돌아오는데 연못 가장자리에 있는 늪에 암소 한 마리가 발이 빠져서 허우적거리고 있더군요. 늪이 깊어서 발버둥 칠수록 소는 늪 속으로 더 깊이 빠져들었습니다. 그 몸을 주체하지 못하고 애처롭게 울부짖고 있는 것을 끌어내 보았더니 아직 젊은 암소이더군요. 주위를 둘러봤지만 주인은 보이지 않고, 그래서 이 소는 분명 어디에서 훔친 것을 도둑놈이 끌고 가기 귀찮아서 버리고 간 것이라고 멋대로 생각한 거죠."

그는 겸연쩍은 웃음을 짓고 다시 말을 이었다.

"소 한 마리만 있으면 밭일이 한결 수월해지는지라 이 소는 내가 가난해서 어머님을 편안하게 모시지 못하자 하늘이 내려주신 것이라 생각하고 끌고 온 것입니다. 하하하, 이제 주인이 나타났으니 소는 돌려드리겠습니다. 하지만 오쓰나 조타로라는 사람들에 대해서는 저도 전혀 아는 바가 없습니다."

이야기를 주고받는 사이에 무사시는 이 젊은이가 얼마나 소박한 시골 사람인지 알 수 있었다. 처음에 생긴 오해는 오히려 그런 솔직함에서 비롯된 것이라 할 수 있었다.

"헌데 납치된 사람들이 걱정되시겠구려."

곁에 있는 노모는 또 노모 나름대로 걱정하며 아들에게 말했다.

"곤노스케야, 어서 저녁을 먹고 그 불쌍한 사람들을 함께 찾아보려무나. 노부노이케 근처에서 헤매고 있다면 다행이지만, 고마가타케의 산속으로 들어갔다면 타지 사람은 찾을 재간이 없을 게다. 더구나 그 산에는 산적들이 우글거리고 있다고 하니 필시 그자들의 소행일 게야."

7

횃불이 바람을 타고 일렁였다. 거대한 산악의 기슭에 바람이 불어오자 한순간 초목을 휘감으며 굉음이 일었지만, 그 바람이 멎자 주위는 온통 숨을 죽인 채 기분 나쁠 정도로 조용한 밤하늘에 별만 반짝였다.

"이보시오."

곤노스케는 손에 든 횃불을 높이 쳐들고 뒤에서 오는 무사시를 기다리며 말했다.

"유감스럽지만 아무래도 찾기는 틀린 것 같습니다. 이제 노부노이케까지 가는 길에 저 언덕의 잡목림 뒤에 사냥을 하거나 농사를 짓는 외딴집 한 채만 남아 있는데, 그곳에서 물어봐도 모른다고 하면 더 이상 찾을 방법이 없을 것 같습니다."

"친절을 베풀어주신 점 감사드립니다. 지금까지 열 곳이 넘는 집을 찾아다니며 물어봐도 아무런 단서를 찾지 못한 것을 보니 제가 방향을 잘못 잡은 듯합니다."

"그럴지도 모르지요. 여자를 납치한 놈이라면 여간 간사한 게 아니니 꼬리가 잡힐 만한 곳으로는 도망칠 리가 없지요."

이미 한밤중을 지나고 있었다.

초저녁부터 고마가타케의 산기슭에 있는 노부野婦 마을, 히구치樋口 마을과 그 부근의 언덕과 숲까지 모두 찾아다녔다. 하다 못해 조타로의 소식이라도 들을 줄 알았는데, 누구 하나 그런 사람을 봤다는 사람도 없다.

특히 오쓰는 특징이 있는 모습이라 본 사람이 있으면 금방 알 수 있을 텐데, 어디에서 물어봐도 "글쎄요."라며 한결같이 고개를 갸웃거리는 사람들뿐이었다.

무사시는 두 사람의 안부가 걱정되어 가슴이 타들어가면서도, 아무 연고도 없이 함께 고생하고 있는 곤노스케에게 미안한 마음이 들었다. 내일도 들에 나가 일을 해야 할 처지일 것이다.

"정말 폐가 많습니다. 이제 남은 한 집에서 물어보고 그래도 모른다고 하면 방도가 없으니 포기하고 돌아가도록 하지요."

"하룻밤 걷는 일이야 아무것도 아니지만, 대체 그 여인과 아이는 무사님과 어떤 관계입니까?"

"글쎄요."

무사시는 여자가 자신의 연인이고, 아이는 제자라고 차마 말할 수 없었다.

"친척입니다."

무사시가 그렇게 말하자 곤노스케는 그런 육친이 적은 자신의 처지가 서글펐는지 아무 말도 않고 노부노이케로 가는 언덕의 샛길을 앞서 걸어갔다.

무사시의 머릿속에는 온통 오쓰와 조타로를 걱정하는 마음뿐이었지만, 가슴 한편에서는 이런 인연을 가져다준 운명의 장난에 고마운 마음도 들었다. 만약 오쓰에게 이런 불상사가 일어나지 않았다면 그는 곤노스케를 만나지 못했을 것이다. 그리고 그의 비술秘術인 장술 杖術도 볼 수 없었을 것이다.

변화무쌍한 세상 속에서 오쓰와 길이 엇갈린 것은 그녀의 생명에 지장이 없는 한 어쩔 수 없는 재난이라고 생각할 수밖에 없지만, 만약 이 세상에서 곤노스케의 장술을 보지 못했다면 무예의 길에 인생을 건 자신으로서는 큰 불행이라고 생각했다.

그래서 무사시는 기회가 있으면 곤노스케의 성장 과정도 묻고, 그의 장술에 대해서도 깊이 파헤쳐보고 싶다고 아까부터 생각하고 있었지만, 무도에 관한 것이라 생각하니 함부로 물어볼 수도 없어서 기회만 살피며 걸음을 옮기고 있었다.

"여기서 잠깐 기다리시오. 저 집인데 이미 잠이 들었을 테니 내가 깨워서 물어보고 오겠소."

곤노스케는 나무들 사이로 보이는 초가지붕을 가리키며 그렇게 말하더니 혼자 잡목을 해치고 달려 내려가서 문을 두드렸다.

8

얼마 지나지 않아 돌아온 곤노스케가 무사시에게 말하길, 그 집에 사는 사냥꾼 부부에게 물어보았지만 그들도 모르는 듯하다는 것이었다. 다만 그 집 부인이 해질 무렵에 마을로 물건을 사러 갔다가 돌아오는 길에 보았다며 해준 이야기는 경우에 따라서는 한 가닥 실마리가 될지도 몰랐다.

그 부인의 말에 따르면 이렇다.

별도 뜨지 않은 초저녁 무렵이었다. 사람들의 왕래도 끊기고 가로수 바람만이 쓸쓸하게 부는 길 위를 한 소년이 엉엉 울면서 뛰어가고 있었다. 얼굴과 손은 진흙투성이였고 허리에는 목검을 차고 있었는데, 야부하라의 역참 쪽으로 뛰어가는 소년을 보고 이상하게 여긴 부인이 물었다.

"얘, 무슨 일이니?"

소년은 울면서 대답했다.

"관아가 어디에 있는지 가르쳐주세요."

부인이 다시 관아에는 무슨 일로 가느냐고 캐묻자 소년은 이렇게 대답했다.

"일행이 나쁜 놈에게 납치되어서 그 사람을 구해야 해요."

"그런 일이라면 관아에 가 봐야 소용없다. 관아라는 곳은 지체 높은 사람이 행차하거나 위에서 명이 떨어지면 사람을 끌어다가 말똥을 치우고 모래를 뿌리는 등 소란을 피우지만 억울한 일을 당한 백성들의 말은 들은 체도 하지 않으니까 말이다. 특히 여자가 납치되거나 강도를 당하는 일 같은 건 이 근방에선 흔히 있는 일이란다. 그보다는 야부하라의 역참을 지나서 나라이奈良井까지 가는 게 나을 게다. 거기 네거리에 가면 나라이의 다이조大蔵라고 해서 약재상을 하는 사람이 있는데, 그에게 사정 이야기를 하고 부탁하면 그는 관아와는 달리 힘없는 사람들의 말을 잘 들어줄 뿐 아니라 옳은 일이라면 돈도 받지 않고 도와줄 게다."

여기까지 부인에게 들은 말을 그대로 전달한 곤노스케는 무사시를 보며 물었다.

"부인의 말을 듣고 그 목검을 찬 아이는 울음을 그치더니 뒤도 돌아보지 않고 뛰어갔다던데, 혹시 그 아이가 일행인 조타로라는 아이 아닙니까?"

"바로 그 아이입니다."

무사시는 조타로의 모습을 상상하면서 중얼거렸다.

"그럼, 이쪽과는 완전히 다른 방향이겠군."

"그렇지요. 여긴 고마가타케의 기슭 쪽이니 나라이로 가는 길에서 한참 벗어났소."

"이거 참, 신세가 많았습니다. 저도 그럼 서둘러 그 나라이의 다이조라는 사람에게 가야겠습니다. 덕분에 부족하나마 실마리를 잡은 듯합니다."

"어차피 가는 길이니 저희 집에 들러 잠시 눈을 붙이고 아침식사라도 하고 가는 게 좋을 듯합니다만."

"그래도 되겠는지요?"

"저기 노부노이케를 건너 연못 끝으로 나가면 길이 절반은 단축될 것입니다. 미리 양해를 구해놓았으니 배를 빌려서 가지요."

그곳에서 조금 내려가자 버드나무에 둘러싸인 태곳적 연못이 나왔다. 둘레는 대략 6, 7정이고, 수면에 고마가타케며 하늘에 뜬 별들을 그대로 담고 있었다. 그리고 왠지 이 지방에서는 좀처럼 볼 수 없는 버드나무가 연못 주위에만 유독 무성했다.

곤노스케는 들고 있던 횃불을 무사시에게 건네고 삿대를 잡더니 미끄러지듯 연못 한가운데를 가로질러 갔다. 물 위를 떠가는 횃불이 어두운 수면에 비쳐 배 주위가 온통 빨갛게 보였다.

그런데 그때 그 모습을 오쓰도 바라보고 있었다. 운명의 장난인지, 두 사람의 인연이 없는 것인지, 장소도 그리 멀지 않은 곳에서.

독니

1

물에 비친 불빛과 작은 배 안에서 사람들을 비추는 횃불, 한밤중에 연못 한가운데를 가로지르며 미끄러져 가는 횃불은 분명 하나의 불빛이었지만, 마치 두 마리의 원앙이 헤엄쳐가고 있는 듯 보였다.

"어머?"

오쓰가 그것을 보았을 때 마타하치는 당황하며 오쓰를 묶은 새끼줄을 잡아당겼다.

"앗, 누가 온다."

도둑이 제 발 저린다고 마타하치의 표정에는 그렇게 큰 짓을 저질러놓고 사소한 일에도 겁을 집어먹는 모습이 고스란히 드러났다.

"어쩌지? 그래. 이리로 와. 에잇, 이쪽으로 오라고!"

마타하치가 찾아낸 곳은 연못가에 있는 기우당祈雨堂이었다. 무슨 제사를 지내는 사당인지 이곳 사람들도 잘 모르는 듯했지만, 여름에 가뭄이 들었을 때 여기서 기우제를 지내면 뒤편의 고마가타케가 이곳의 노부노이케에 단비를 뿌려준다고 믿고 있었다.

"싫어요."

오쓰는 한 발짝도 움직이려고 하지 않았다. 그녀는 사당 뒤편으로 끌려와서 아까부터 마타하치에게 추궁을 당하고 있었다.

손이 묶여 있지만 않았어도 그를 밀치고 달아나고 싶었지만 그럴 수가 없었다. 기회만 있었다면 눈앞의 연못에 뛰어들어 사당의 용마루에 걸려 있는 족자 속 그림처럼 버드나무 가지를 친친 감고 저주하는 사내를 집어삼키려는 뱀이라도 되고 싶었지만 그 또한 가능한 일이 아니었다.

"일어서!"

마타하치는 손에 들고 있던 조릿대로 오쓰의 등을 사정없이 후려쳤다.

그에게 맞을수록 오쓰의 오기는 더 강해졌다. 오쓰가 어디 더 때려보라는 듯 말없이 그의 얼굴을 노려보자, 마타하치는 기가 꺾였는지 다시 말했다.

"오쓰, 걸으라고."

그래도 오쓰가 일어서지 않자 이번에는 한 손으로 그녀의 목덜미를 사납게 움켜쥐었다.

"오라니까!"

질질 끌려가던 오쓰가 연못의 불빛을 향해 비명을 지르려고 하자 마타하치는 수건으로 입에 재갈을 물리고 오쓰를 집어던지듯이 사당 안으로 내동댕이쳤다.

그러고는 격자창 사이로 연못의 불빛이 어디로 가는지 살펴보았다. 배는 막 기우당에서 2정쯤 떨어진 연못 끝의 후미진 곳으로 미끄러져 들어갔다. 횃불도 이윽고 어딘가로 사라진 듯했다.

"아아, 이제 됐다."

마타하치는 가슴을 쓸어내렸지만 아직 마음이 진정되지는 않았다.

지금 오쓰의 몸은 자신의 수중에 있지만, 그녀의 마음은 아직 자신의 것이 되지 않았다. 마음도 없는 육체만 데리고 다닌다는 것이 얼마나 힘겨운 일인지는 초저녁부터 뼈저리게 느끼고 있었다.

폭력을 동원해서라도 강제로 그녀의 모든 것을 자기 것으로 만들려고 하면 그녀는 자결이라도 할 것처럼 무서운 얼굴로 대들었다. 혀를 깨물고 죽으려고까지 했다. 마타하치는 오쓰가 능히 그러고도 남을 사람이라는 것은 어렸을 때부터 이미 알고 있던 터라 그런 그녀 앞에서는 결국 맹목적인 힘도, 욕정도 다 꺾이고 말았다.

‘어째서 날 이렇게 미워하고 무사시만 그토록 연모하는 걸까? 예전에는 그녀의 마음속에서 나와 무사시가 정반대였는데.’

마타하치는 도저히 이해할 수 없었다. 그의 마음 한구석에는 여자들이 무사시보다 자신에게 더 호감을 가지고 있다는 자신감이 있었다. 실제로 그는 오코를 비롯해 많은 여자들과의 사이에서 그런 경험을 맛본 적이 있다.

‘이는 필시 무사시가 오쓰를 유혹해서 길들이고 난 뒤 틈 날 때마다 나에 대해 나쁘게 말해서 나를 혐오하게 만들었기 때문이야. 그리고 나를 만나서는 자신이 얼마나 나를 생각하고 위하는지 거짓말을 늘어놓았어. 아아, 내가 바보였지. 무사시에게 속아 넘어간 거야. 그런 거짓 우정에 눈물까지 흘리고…….’

마타하치는 격자창에 기대 제제膳所의 기루에서 사사키 고지로佐々木小次郎가 한 말을 떠올렸다.

2

이제 와서 생각해보니 그 말이 맞는 듯했다. 사사키 고지로가 자신을 보고 어리석다며 비웃고, 무사시의 음흉한 속내를 심하게 욕하며 속아서 영혼까지 탈탈 털린 것이라는 말. 그 말이 지금 그의 마음속에서 뼈에 사무치는 충고로 생생히 되살아났다.

동시에 무사시에 대한 마타하치의 생각이 완전히 바뀌었다. 지금까지 몇 번이나 마음이 바뀌면서도 그나마 지켜온 우정이 마침내 증오로 바뀐 것이다.

"날 잘도 속였겠다……."

마타하치는 가슴 깊은 곳에서 끓어오르는 증오로 입술을 깨물었다.

그는 평소 남들을 미워하거나 질투하는 일은 잦았지만, 다른 사람을 저주할 정도로 정신력이 강하지는 못했다. 아니, 남을 원망하는 것조차 할 수 없는 성격이었다.

하지만 이번에는 달랐다. 그는 무사시를 불구대천의 원수처럼 여기게 되었다. 그와 자신은 같은 고향에서 친구로 자랐지만, 아무래도 평생의 원수로 운명 지어진 악연이라고 생각하게 된 것이다.

'가증스러운 놈!'

마타하치는 자신을 볼 때마다 진심어린 표정으로 참된 인간이 돼라, 분발해라, 손을 잡고 함께 세상에 나가자며 입바른 소리를 하던 무사시의 얼굴이 너무나 역겨웠다. 그의 그런 위선에 속아 눈물까지 흘린 것을 생각하면 부아가 치밀었다. 자신의 어리석음이 무사시에게 간파되어 조롱당한 것처럼 몸속의 피가 증오와 분노로 들끓었다.

'이 세상에 좋은 사람이니 뭐니 떠드는 자들은 모두 무사시처럼 군자인 척하는 놈들뿐이다. 그래, 난 그들의 반대편에 서자. 죽어라 공부하고, 답답한 것을 참아가며 그런 위선자들과 한패가 되는 것은 정말 싫다. 악인이라고 할 테면 해라. 난 그 악인의 편에 서서 평생 동안 무사시 놈이 출세하지 못하도록 방해할 테다.'

마타하치의 이런 근성은 평소와 다를 바가 없었지만, 이번에는 그가 이때까지 살아오면서 가슴에 품었던 생각 중에서 가장 결연한 각오였다.

마타하치는 뒤쪽에 있는 격자창을 있는 힘껏 걷어찼다. 방금 전에 오쓰를 그곳으로 집어던진 그와 밖에서 생각에 빠져 있다 다시 들어온 그는 그 짧은 순간에 뱀이 허물을 벗듯 완전히 다른 사람으로 바뀌어 있었다.

"흥, 눈물이나 짜기는."

마타하치는 기우당 안의 어두운 바닥을 노려보며 차갑게 내뱉었다.

"오쓰."

"……."

"아까 내가 한 말에 대답해. 대답하란 말이야."

"……."

"울기만 하면 모르잖아."

마타하치가 발을 들어 걷어차려고 하자 오쓰는 재빨리 감지

하고 몸을 피하며 소리쳤다.

"당신한테는 할 말이 없으니까 죽이려거든 남자답게 어서 죽이라고요!"

"바보 같은 소리 마!"

마타하치는 코웃음을 쳤다.

"난 방금 결심했어. 너와 무사시가 내 인생을 망쳐놓았으니 나도 평생 동안 너희들한테 복수할 거야!"

"거짓말하지 마요. 당신의 인생을 망친 것은 바로 당신 자신이에요. 또 그 오코라는 여자이고요."

"뭐라고?"

"당신도 그렇고, 당신의 어머니도 그렇고, 당신 집안 사람들은 어째서 그렇게 늘 남 탓만 하는 거죠?"

"쓸데없는 소리는 집어치워! 대답하라고 한 것은 내 마누라가 될지, 말지야! 그 한 마디만 들으면 돼!"

"그 대답이라면 몇 번이고 해드리죠."

"그래, 대답해봐."

"살아생전은 물론이고 죽어서도 내 마음속에 있는 사람의 이름은 미야모토 무사시 님. 그 외에 마음을 줄 수 있는 사람이 누가 있겠어요? 하물며 당신과 같이 사내답지 못한 남자는 보기만 해도 역겨워서 몸서리가 처질 정도로 싫어요."

3

여자한테 이런 말을 듣고 나면 어떤 남자라도 여자를 죽이든가 포기하든가 했을 것이다.

오쓰는 그렇게 말하고 나자 왠지 가슴이 후련했다. 그리고 마타하치에게 어떤 일을 당하더라도 어쩔 수 없다고 체념하고 있었다.

"……으음, 그렇군."

마타하치는 몸이 부들부들 떨렸지만 애써 냉소를 지으며 물었다.

"내가 그렇게 싫단 말이지? 분명히 해줘서 고맙군. 하지만 오쓰, 나도 분명하게 말해두지. 네가 싫든 좋든 나는 너를 오늘밤에 내 것으로 만들고야 말겠어."

"……?"

"왜 그렇게 떨지? 너도 방금 나한테 그런 말을 했을 때는 그만한 각오가 되어 있었던 것 아닌가?"

"그래요. 난 절에서 자랐어요. 낳아주신 부모님의 얼굴조차 모르는 고아예요. 죽음 따윈 전혀 무섭지 않아요."

"뭔가 착각을 하고 있군."

마타하치는 그녀 곁에 쪼그리고 앉아서 고개를 돌리고 있는 오쓰의 얼굴에 음흉한 얼굴을 들이대며 말했다.

"누가 널 죽인대? 죽인다고 내 성이 풀릴 것 같아? 난 너한테 이렇게 할 거야."

마타하치는 갑자기 오쓰의 어깨와 왼쪽 손목을 단단히 붙잡더니 그녀의 위팔을 옷 위에서 깊이 깨물었다.

"꺄악!"

오쓰는 자기도 모르게 비명을 지르며 바닥에서 난폭하게 몸을 비틀었다. 그리고 그의 이에서 벗어나려고 했지만, 그의 이는 그럴수록 더 깊이 그녀의 살 속으로 파고들었다.

흥건한 피가 고소데小袖(통소매의 평상복)를 타고 묶여 있는 그녀의 손가락 끝까지 흘러내렸다.

마타하치는 그래도 악어 같은 입을 떼지 않았다.

"……."

오쓰의 얼굴은 달빛을 덧씌운 듯 순식간에 창백해졌다. 마타하치는 깜짝 놀라서 입을 떼더니 혹시 혀라도 깨문 건 아닌지 그녀의 입에서 재갈을 풀고 입 안을 살펴보았다.

너무나 극심한 고통에 정신을 잃은 듯 거울에 서린 김처럼 얼굴은 땀에 젖어 있었지만 입 안은 아무 이상이 없었다.

"……이봐, 용서해줘. ……오쓰, 오쓰."

마타하치가 몸을 세차게 흔들자 정신을 차린 오쓰는 순간 다시 바닥을 구르며 소리쳤다.

"아야……아파. 조타로, 조타로!"

"아파?"

마타하치도 파랗게 질린 얼굴로 가쁜 숨을 몰아쉬며 말했다.

"피는 멎어도 이 모양으로 물린 자국은 몇 년이 지나도 없어지지 않을 거야. 사람들이 내 잇자국을 보면 어떻게 생각할까? 또 무사시가 알게 되면 어떻게 생각할까? 뭐, 조만간, 아니 언젠가 내 것이 될 네 몸에 미리 도장을 찍어놓은 것이니 도망치려거든 도망쳐도 상관없어. 난 내 잇자국을 새긴 널 건드린 놈은 내 여자의 간부姦夫라고 세상에 떠들고 다닐 테니까."

"……."

어두운 사당 안에는 흐느껴 우는 가녀린 울음소리만 가득했다.

"……그만 울어. 언제까지 울고 있을 거야? 이젠 괴롭히지 않을 테니 조용히 해. ……음, 물이라도 떠다 줄까?"

마타하치가 제단에 놓인 토기를 집어 들고 밖으로 나가려는데 누군가 격자창 밖에 서서 안을 엿보는 자가 있었다.

4

'누구지?'

마타하치는 깜짝 놀랐지만, 사당 밖의 그림자가 허둥지둥 도망치는 모습을 보자 문을 밀어젖히고 소리치며 쫓아갔다.

"이놈, 게 섰거라!"

그런데 막상 잡아놓고 보니 부근에 사는 농부인 듯 말 등에 곡물 가마니를 싣고 밤을 새워 시오지리塩尻의 도매상까지 가는 길이라고 했다. 그리고 변명을 늘어놓으며 넙죽 엎드려 빌었다.

"딱히 속셈이 있어서가 아니라 그저 사당 안에서 여자의 울음소리가 들려서 잠시 들여다봤을 뿐입니다."

약한 자에게는 더욱 강하게 나가는 마타하치인지라 금세 거만해져서 마치 관리라도 된 양 위엄 있게 말했다.

"정말이냐? 틀림이 없겠지?"

"예, 정말입니다. 틀림이 없습니다."

농부는 몸을 부들부들 떨며 대답했다.

"음, 그렇다면 용서해주지. 하지만 그 대신 말에 실은 가마니를 모두 내리고 말 위에 사당 안에 있는 여자를 묶어서 내가 됐다고 하는 데까지 태우고 간다."

물론 이런 억지를 부릴 때는 마타하치가 아니더라도 반드시 칼을 뽑아드는 것은 잊지 않는다. 거부할 수 없는 위협이다. 오쓰는 말 등에 묶였다.

마타하치는 대나무를 주워서 말을 끄는 사람을 때리는 채찍으로 삼고 말했다.

"어이, 이봐!"

"예."

"큰길로 나가면 안 돼."

"허면 어디로 가시게요?"

"되도록 사람이 다니지 않는 곳으로 해서 에도까지 가자."

"그건 무리입니다."

"뭐가 무리야? 뒷길로 가면 돼. 그러니까 나카센도中山道를 피해서 이나伊那에서 고슈甲州로 나가는 길로 가."

"그럼 우바가미姥神에서 곤베에 고개權兵衛峠를 넘어가야 되는데, 너무 험한 산길입니다."

"험해도 넘으면 되지. 꾀를 부렸다간 이렇게 될 거다."

마타하치는 농부를 때렸다.

"대신 굶기지는 않을 테니 걱정하지 말고 걸어."

농부는 울먹이며 애원했다.

"그럼 나리, 이나까지는 함께 가겠지만 이나를 지나고 나면 저를 제발 풀어주십시오."

마타하치는 고개를 저었다.

"시끄럽다. 내가 됐다고 하는 데까지다. 그 사이에 허튼짓을 했다간 모가지를 베어버릴 테다. 내가 필요한 것은 말이고, 인간이란 것들은 방해만 될 뿐이니까."

길은 어두웠고, 산으로 다가갈수록 험해졌다. 사람도 말도 지칠 무렵 간신히 우바가미 중턱에 도착하자 발아래로 구름바다가 물결치고 있었고, 희미하게 아침 햇살이 비치기 시작했다.

말 등에 들러붙어서 한 마디도 하지 않고 여기까지 온 오쓰도 그 아침 햇살을 보자 마음이 풀렸는지 마타하치에게 말했다.

"마타하치 님. 부탁이니까 저분은 이제 그만 놓아주세요. 이 말도 돌려드리고요. 아니요, 난 도망치지 않아요. 그저 저분이 너무 불쌍해서요."

마타하치는 여전히 의심을 거두지 못했지만 오쓰가 계속해서 간곡히 부탁하자 결국 그녀를 말 등에서 풀어서 내려준 후 다짐을 받았다.

"그럼, 순순히 날 따라오는 거지?"

"예. 도망치지 않겠어요. 도망쳐봐야 잇자국이 사라지지 않는 한 소용없는 짓이니까요."

오쓰는 위팔에 난 상처를 손으로 누르면서 그렇게 말하고 입술을 깨물었다.

멀어지는 인연

1

무사시는 장소와 경우를 막론하고 자고 싶을 때는 바로 잠이 들 수 있는 수련을 쌓아왔고, 건강한 신체를 지니고 있었다. 그러나 잠을 자는 시간은 극히 짧았다.

어젯밤에도 그랬다.

곤노스케의 집으로 돌아온 무사시는 옷도 벗지 않고 방 한 칸을 빌려서 잠을 잤는데 새들이 지저귀는 소리가 들리기 시작할 무렵에는 이미 일어나 있었다.

하지만 어젯밤, 연못을 가로질러 이곳으로 돌아온 것은 한밤중이 지나서였다. 필시 곤노스케도 피곤에 곯아떨어져 있을 테고, 노모도 아직 자고 있을 것이 분명했다. 그렇게 생각한 무사시는 새소리를 들으며 덧문이 열리는 소리를 기다리고 있었다.

그런데 옆방이 아니라 다른 방의 장지문 너머에서 누군가 훌찍훌찍 우는 소리가 들렸다.

"응?"

가만히 귀를 기울이고 듣다 보니 우는 사람은 아무래도 곤노스케 같았다. 그는 이따금씩 아이처럼 통곡했고, 대화를 나누는 소리도 띄엄띄엄 들렸다.

"어머니, 그건 너무해요. 전들 어찌 분하지 않겠어요? ……분한 마음은 어머니보다 제가 더할 겁니다."

"다 큰 녀석이 왜 그렇게 우느냐?"

세 살배기 어린아이를 꾸짖듯 근엄한 목소리로, 그러나 조용히 나무라고 있는 것은 분명히 그의 노모였다.

"그리도 원통하면 앞으로는 마음을 더 다잡고 일심으로 수련해야 할 것이거늘 눈물이나 찔찔 짜고 있으니 볼썽사납구나. 그만 눈물을 닦아라."

"예. 이젠 울지 않겠습니다. 어젯밤과 같은 실수를 보여드린 죄는 부디 용서해주십시오."

"나도 널 꾸짖긴 했다만, 깊이 생각해보면 그건 고수와 하수의 차이. 또 무사안일한 날들이 계속될수록 사람은 무뎌지게 마련이다. 네가 진 것은 당연한 일인지도 모르겠구나."

"어머니께 그런 말을 듣는 것이 저는 무엇보다도 괴롭습니다. 평소에도 아침저녁으로 질책을 받았지만 어젯밤처럼 미숙한 패배는……. 무도로 입신하려는 큰 뜻을 품은 제가 부끄러울 따름입니다. 앞으로는 무예를 닦기보다 평생 농부로 살아가면서 어머니를 좀 더 편히 모시겠습니다."

무슨 일로 저렇게 한탄하나, 하고 처음엔 무사시도 남의 일인 줄 알고 듣고 있었는데, 아무래도 모자가 얘기하는 대상이 자기 말고 다른 사람은 아닌 듯했다. 무사시는 망연히 이부자리 위에서 자세를 고쳐 앉았다.

'승패에 대한 집착이 저리도 강하단 말인가?'

이미 어젯밤의 일은 서로의 잘못으로 인정하고 넘어간 줄 알았는데, 그와는 별도로 무사시에게 패했다는 사실에 대해 이 집의 모자는 아직도 씻을 수 없는 치욕으로 생각하며 눈물을 흘릴 만큼 원통해하고 있는 것이었다.

"……지는 것을 무서울 정도로 싫어하는구나."

무사시는 중얼거리면서 몰래 옆방에 숨었다. 그리고 새벽녘의 희끄무레한 빛이 새어나오는 그 방을 장지문 틈으로 가만히 들여다보았다.

그 방은 조상의 위패를 모신 방이었는데, 노모는 불단을 등지고 앉아 있었고, 아들은 노모 앞에서 엎드려 울고 있었다. 늠름하고 덩치가 좋은 곤노스케가 어머니 앞에서 하염없이 눈물을 흘리고 있었다.

노모는 무사시가 장지문 틈으로 보고 있는 줄도 모르고 무엇이 신경에 거슬렸는지 또다시 소리쳤다.

"뭐라고? 네 이놈 곤노스케, 지금 뭐라고 했느냐?"

노모는 갑자기 목소리를 높이며 아들의 멱살을 부여잡았다.

2

오랜 숙원인 무도를 버리고 내일부터는 평생 농부로 살면서 효도를 하겠다는 아들의 말이 오히려 노모의 화를 북돋운 모양이다.

"뭐라고, 농부로 살겠다고?"

노모는 아들의 목덜미를 무릎으로 끌어당기고 세 살배기 아이의 볼기를 치듯이 노발대발하며 곤노스케를 나무랐다.

"어떻게든 너를 훌륭한 사람으로 키워서 다시 한 번 가문을 일으켜 세우고 싶다는 일념으로 지금까지 살아왔거늘 넌 이대로 농부로 살아가겠다는 게냐? 내가 그러라고 어려서부터 책을 읽게 하고 무도에 힘쓰게 하면서 피죽으로 연명하며 살아온 줄 아느냐?"

노모는 그렇게 말하더니 아들의 멱살을 잡은 채 오열하기 시작했다.

"한 번 졌으면 왜 그 치욕을 씻을 생각을 하지 않는 게냐? 다행히 그 낭인은 아직 이 집에 머물고 있다. 일어나면 다시 한 번 결투를 청해서 명예를 회복하도록 해라."

곤노스케는 그제야 얼굴을 들었지만 멋쩍은 듯 말했다.

"어머니, 그것이 가능했다면 제가 어찌 이처럼 약한 소리를 하겠습니까?"

"평소의 너답지 않은 말을 하는구나. 어찌 그리도 약한 소리를 하는 게냐?"

"사실 어젯밤에도 밤새 그자와 다니면서 끊임없이 빈틈을 노렸지만 도저히 기회를 잡지 못했습니다."

"그건 네가 겁을 먹고 있었기 때문이 아니냐?"

"아닙니다, 그렇지 않습니다. 제 몸에도 기소 무사의 피가 흐르고 있습니다. 저는 온타케의 산신령 앞에서 스무하룻날 동안이나 기도를 올리고, 꿈속에서 계시를 받아 장술을 깨우쳤습니다. 그런 제가 이름도 없는 떠돌이 낭인에게 당하고만 있을 수는 없다고 몇 번이나 마음을 다잡았지만, 그자를 보면 도저히 손이 나가질 않았습니다. 공격해봐야 소용없는 짓이라는 생각이 먼저 들었던 것입니다."

"지팡이로 반드시 천하제일의 무사가 되겠다고 산신령께 맹세한 네가……."

"하지만 곰곰이 생각해보니 오늘까지의 일은 모두 저만의 독선이었습니다. 이리 미숙한데 어찌 천하제일이 될 수 있겠습니까? 그래서 어머님이 저를 뒷바라지하느라 힘겹게 사시는 걸 보느니 오늘부터 지팡이를 꺾고 한 뙈기의 밭이라도 부지런히 일구는 것이 낫겠다고 생각한 것입니다."

"지금까지 많은 사람들과 겨뤄서 한 번도 진 적이 없는 네가 아니냐. 오늘 패한 것도 생각하기에 따라서는 온타케의 산신령이 너의 자만심을 꾸짖으시려고 일부러 그런 것일지도 모른다. 네가 지팡이를 꺾고 나를 편히 모신다고 해도 내 마음은 결코 편하지 않을 것이다."

노모는 그렇게 아들에게 훈계하고 다시 말을 이었다.

"손님이 일어나면 다시 한 번 실력을 겨뤄보거라. 그래도 진다면 네가 하고 싶은 대로 지팡이를 꺾고 뜻을 접어도 될 거야."

장지문 뒤에서 모든 이야기를 듣고 있던 무사시는 곤혹스러웠다.

'이거 난처하게 됐군.'

그러고는 다시 몰래 자신이 자던 방으로 돌아와 잠자리 위에 주저앉았다.

3

'어떻게 하지?'

모자는 무사시를 보면 반드시 결투를 청할 것이다. 싸우면 분명 자신이 이길 것이다.

무사시는 그렇게 믿고 있었다. 하지만 이번에도 자신에게 패한다면 곤노스케는 지금까지 자부심을 갖고 있던 지팡이에 대해 자신감을 잃고 뜻을 접을 것이다.

또 자식의 성공을 유일한 삶의 보람으로 여기며 가난을 무릅쓰고 오늘까지 자식을 교육시킨 노모는 얼마나 낙담할 것인가.

'그래, 이번 결투는 피하는 것이 낫겠다. 조용히 뒷문으로 도망치자.'

무사시는 살짝 문을 열고 밖으로 나왔다.

이미 아침 햇살이 나뭇가지 사이로 눈부시게 빛나고 있었다. 헛간이 있는 한쪽 구석을 보자 어제 끌려온 암소가 햇살을 받으며 한가로이 풀을 뜯고 있었다.

'이놈아, 잘 지내야 해.'

무사시는 문득 소를 향해서도 그런 마음이 들었다. 방풍림 울타리를 나온 무사시는 고마가타케의 경사진 들판에 있는 밭길을 성큼성큼 걸어갔다.

아침이 되자 전체 모습을 선명하게 드러낸 고마가타케의 정상에서 불어오는 바람에 한쪽 귀는 시리도록 차가웠지만, 어젯밤의 피로와 초조함은 저 멀리 사라졌다.

하늘을 올려다보니 구름이 한가로이 흘러가고 있었다. 푸른 하늘에 드문드문 떠 있는 하얀 뭉게구름은 저마다 다른 모습을 하고 자기가 가고 싶은 대로 자유롭게 떠다니고 있었다.

'초조해하지 말고 너무 집착하지도 말자. 만남도 헤어짐도 하늘의 뜻. 어린 조타로도 연약한 오쓰도, 어리면 어린 대로 연약하면 연약한 대로, 세상의 신이라고도 할 수 있는 선한 마음을 가진 사람의 가호가 있을 테니.'

어제부터, 아니 마고메의 남녀폭포에서부터 줄곧 겉돌면서 방황하던 무사시의 마음이 신기하게도 오늘 아침에는 자신이 걸어가야 할 길 위로 돌아와 있는 듯한 기분이었다. 오쓰는? 조타로는? 그런 주변의 것들뿐만 아니라 자신이 죽은 후까지 이어져 있는 인생의 길이 오늘 아침에는 그의 눈에 선명하게 보이고 있었다.

정오가 지날 무렵이었다. 무사시는 나라이의 역참 안에 있었다. 처마 끝에 있는 우리에 살아 있는 곰을 기르면서 웅담을 파는 가게를 비롯해 짐승의 가죽을 걸어놓은 가게와 기소 빗을 파는 가게 등이 늘어선 역참은 사람들로 붐볐다.

무사시는 모퉁이에 '대웅大熊'이라고 쓴 간판을 걸어놓은 곰의 웅담을 파는 가게 앞에 서서 안을 들여다보며 물었다.

"뭐 좀 물어볼 수 있겠소?"

등을 보인 채 가마솥에서 끓는 물을 떠서 마시던 웅담집 주인이 돌아서며 대답했다.

"예, 무슨 일인지요?"

"나라이의 다이조 선생이라는 분의 가게는 어딥니까?"

"아아, 다이조 선생의 가게라면 다음 네거리에 있습니다."

주인은 찻잔을 든 채 가게 앞까지 나와 손짓으로 길을 가르쳐 주려다가 마침 밖에서 돌아온 소년을 보자 말했다.

"얘야, 이분이 다이조 선생의 가게에 가신다고 하니 네가 직접 그 앞까지 모셔다 드리고 오너라."

소년은 고개를 끄덕이고는 앞서서 터벅터벅 걸어갔다. 무사시는 주인의 친절함도 고마웠지만 어제 곤노스케에게 들었던 말을 떠올리고는 나라이의 다이조라는 사람의 덕망이 어느 정도인지 알 수 있었다.

4

100가지 약초를 취급하는 약재상이라고 해서 나그네를 상대하는 길가의 평범한 가게 중 하나라고 생각했는데, 막상 와서 보니 예상을 완전히 벗어난 곳이었다.

"무사님, 여기가 나라이의 다이조 님 댁입니다."

소년은 눈앞에 있는 저택을 가리키고는 곧바로 돌아갔다. 과연 누군가 바로 앞까지 데리고 와주지 않으면 찾을 수 없을 정도로 가게는 열었지만 주렴이나 간판이 걸려 있지 않았다. 검게

칠한 세 칸짜리 격자창에 두 짝의 문이 달린 흙벽의 광이 이어져 있었고, 그 외에는 높은 담으로 둘러싸여 있었다. 출입구에는 덧문이 내려져 있고 들어가기에 다소 주눅이 들 만큼 크고 깊은 노포老鋪였다.

"실례합니다."

무사시가 덧문을 열자 간장가게의 봉당처럼 넓고 어두운 공간의 차가운 공기가 얼굴에 닿았다.

"누구십니까?"

계산대가 있는 한쪽 구석에서 누군가 다가오며 묻자 무사시는 문을 닫고 말했다.

"저는 미야모토라는 낭인입니다만, 열네 살 정도 되는 아이가 어제 아니면 오늘 아침에 이 댁을 찾아왔을 거라는 말을 듣고 왔는데, 혹시 이 댁에서 신세를 지고 있지는 않는지요?"

무사시의 말이 끝나기도 전에 사내는 '아아, 그 아인가?' 하고 이미 안다는 표정으로 고개를 끄덕였다.

"아, 예."

사내가 대답하면서 정중히 자리를 권했지만 그 후의 말은 무사시를 실망시켰다.

"이거 유감스러운 말씀을 드리게 됐군요. 그 아이라면 어젯밤 늦게 이곳을 찾아와 문을 두드렸습니다. 마침 저희 주인이신 다이조 나리께서 여행 준비를 하던 중이라 다른 사람들도 함께 있었는데, 무슨 일인가 하고 문을 열어보니 방금 무사님이 말씀하신 조타로라는 아이가 문 앞에 서 있었습니다."

사내는 노포에서 일하는 사람답게 본론으로 들어가기 전에 장광설을 늘어놓았지만 요지는 이랬다.

무사시가 이 근처에서 일어난 일이라면 무슨 일이든 나라이의 다이조 님에게 가서 부탁하라는 말을 들었던 것처럼 조타로도 오쓰가 납치된 연유를 알리려고 울면서 이곳을 찾아왔는데 그때 다이조가 이렇게 말했다는 것이다.

"쉽지 않은 문제구나. 일단 수소문은 해보겠다만, 이 근방의 노부시野武士(산야에 숨어서 패잔병 등의 무기를 탈취하기도 하던 무사나 토민)나 짐꾼들의 소행이라면 바로 알 수 있겠지만, 짐작컨대 나그네가 나그네를 납치한 일인 것 같구나. 분명 큰길을 피해서 샛길로 빠져나갔을 게다."

그렇게 판단하고 오늘 아침까지 사방팔방으로 사람을 보내 찾아보았지만, 그의 예상대로 아무런 단서도 찾지 못하자 또다시 울상이 된 조타로에게 오늘 마침 여행을 떠나기로 되어 있던 다이조가 이렇게 말했다고 한다.

"나와 함께 떠나지 않겠느냐? 그러면 길을 가다 오쓰 님도 찾아볼 수 있고, 또 어쩌면 무사시라는 네 스승님을 만날 수 있을지도 모르니 말이다."

그 말을 들은 조타로는 지옥에서 부처라도 만난 듯 기뻐하며 꼭 함께 가고 싶다고 해서 같이 길을 떠났다는 것이 사내의 말이었다.

게다가 그들이 떠난 것도 불과 두 시진 전이라며 사내는 몹시 안타까워했다.

5

두 시진의 차이라면 아무리 서둘러 왔다고 한들 만나지 못했을 것이 분명하지만, 그럼에도 무사시는 아쉬웠다.

"그럼, 다이조 선생은 어디로 가신 겁니까?"

물어보자 사내의 대답이 또 막연했다.

"보시다시피 저희 가게는 간판도 내걸지 않았고, 약초는 산에서 재배하여 봄과 가을에 두 차례 등에 지고 각지로 팔러 다닙니다. 그래서 주인님은 한가할 때가 많아 기회만 있으면 신사나 사찰을 찾아 참배하거나 온천을 다니고, 명소를 둘러보는 것을 낙으로 삼고 계시지요. 이번에도 아마 젠코 사善光寺에서 에치고越後 가도를 구경하며 에도로 가시지 않을까 싶습니다만."

"그러니까 확실한 것은 모른다는 말이군요?"

"예, 행선지를 밝히고 여행을 떠나신 적이 없는 분이라."

그러고 나서 사내는 무사시에게 차를 대접하겠다며 안으로 들어갔지만, 무사시는 여기서 어영부영하고 있을 기분이 아니었다.

이윽고 사내가 차를 가지고 오자 무사시는 그에게 다이조의 용모와 연배를 물어보았다.

"예, 예. 말씀드려야지요. 저희 주인님은 길에서 만나시더라도 단박에 알아볼 수 있을 것입니다. 연세는 쉰둘이시지만 아직도 건장한 체격에 얼굴은 각이 지고 붉은 편이며 곰보 자국이 많으십니다. 또 오른쪽 이마가 약간 벗겨졌습니다."

"키는?"

"평균이라고 할 수 있지요."

"옷은 어떤 걸?"

"이번에는 사카이堺에서 구하셨다는 줄무늬 당목唐木으로 지은 옷을 입으셨습니다. 그 옷은 아주 귀한 것으로 입은 사람이 별로 없을 테니 주인님을 뒤쫓아 길을 가시는 데 좋은 표식이 될 것입니다."

이제 다이조에 대해서는 대충 알았다. 여기서 사내를 더 상대하고 있다가는 이야기가 끝이 없을 것이다. 무사시는 사내가 가져온 차를 한 모금 마시자마자 그곳에서 나와 길을 서둘렀다.

낮 동안에는 이미 어려울지 모르지만, 오늘 밤 안에 세바洗馬에서 시오지리의 역참을 지나 고갯마루에 올라가 기다리고 있으면 두 시진의 차이를 극복하고 새벽녘에는 그곳을 지나가는 다이조와 조타로를 만날 수 있을지도 모른다.

"그래. 먼저 가서 기다리고 있으면……."

니에 강贄川과 세바를 지나 산기슭의 역참까지 왔을 때는 이미 해가 저물어 거리에는 집집마다 등잔불이 켜지기 시작했다. 봄날 저녁의 그 풍경은 뭐라고 형용할 수 없는 객지의 쓸쓸함을 담아내고 있었다.

그곳에서 시오지리의 고갯마루까지는 아직 20리 이상이나 남아 있었다. 무사시는 밤이 더 깊어지기 전에 숨도 쉬지 않고 고개를 올라 이노지가하라いの字ヶ原의 고원에 서서 한숨 돌리며 밤하늘의 별을 넋을 잃고 바라보고 있었다.

어머니의 훈수

1

무사시는 깊은 잠을 자고 있었다.

지금 그가 자고 있는 작은 사당의 처마에는 센겐淺間 신사라는 현판이 걸려 있었다. 센겐 신사는 고원 한쪽에 혹처럼 도드라진 바위산 위에 있었는데, 이 시오지리 고개에서는 가장 높은 곳이었다.

"어이. 빨리 올라와. 후지 산富士山이 보여."

문득 귓전에서 사람의 목소리가 들렸다. 사당 마루에서 팔베개를 하고 자고 있던 무사시는 벌떡 일어났다. 갑자기 눈부신 새벽 햇살이 구름 너머에서 눈을 찔렀지만, 사람의 모습은 보이지 않고 멀리 구름바다 위로 새빨간 후지 산이 보였다.

"아, 후지 산이다."

무사시는 소년처럼 탄성을 질렀다. 그림으로만 보고 가슴속에서 그려온 후지 산을 눈앞에서 본 것은 태어나서 처음이었다. 게다가 막 잠에서 깬 순간, 자신과 같은 눈높이에 솟아 있는 후지 산을 마주하게 되자 한동안 넋을 잃고 "아아." 하고 탄성만 토하며 눈도 깜빡이지 않고 후지 산을 바라보고 있었다.

무엇을 느꼈는지 무사시의 얼굴에는 어느새 눈물이 흘러내리고 있었다. 그러나 무사시는 그 눈물을 닦으려고도 하지 않고 그냥 내버려두고 있었다. 아침 햇살을 받은 그의 얼굴은 눈물까지 빨갛게 반짝이고 있었다.

'인간이란 참으로 작구나!'

무사시는 충격을 받았다. 광대한 우주에 비해 한없이 작은 자신을 생각하니 서글펐다.

그의 가슴 깊은 곳에는 이치조 사一乘寺의 사가리마쓰下り松(옛날부터 여행자의 표시로 계속 심어온 소나무. 이치조 사의 상징이 되었고, 지금 남아 있는 소나무는 4대째다)에서 요시오카吉岡의 제자 수십 명을 자신의 검 아래에 굴복시킨 뒤로 '세상이 만만하구나.'라는 은근한 자부심이 자리 잡고 있었다. 천하의 검객으로 이름을 날리는 자들은 몇 명 있었지만, 모두 변변치 못한 것들이라는 자만심이 고개를 들고 있었다.

그러나 설사 검의 길에서 자신이 갈망하는 대가가 되었다 한들 그것이 얼마나 위대할 것이며, 또 그 생명을 얼마나 오래 유지할 수 있겠는가.

무사시는 슬펐다. 아니, 후지 산의 유구한 아름다움을 바라보고 있으려니 화가 치밀었다. 인간은 인간의 한계 안에서 살 수밖에 없다. 자연의 유구함을 흉내 내려 해도 그것은 결코 흉내 낼 수 있는 것이 아니었다. 자신보다 위대한 존재가 바로 자신의 머리 위에 있었다. 그 아래에 있는 것이 인간이다.

무사시는 후지 산과 똑같은 위치에 서 있는 것이 무서워졌다. 그는 어느새 땅바닥에 무릎을 꿇고 있었다.

"……."

그리고 두 손을 모아 합장했다. 합장을 하고 어머니의 명복을 빌었다. 대지의 은혜에 감사했다. 오쓰와 조타로가 무사하기를 빌었다. 또 대자연처럼 위대하지는 않지만 인간으로서 작으면 작은 대로 위대해지고 싶다고 마음속으로 빌었다.

"……."

여전히 그는 손을 모으고 있었다. 그런데 어디선가 목소리가 들려왔다.

'멍청한 놈, 인간이 어찌 작단 말이냐.'

'인간의 눈에 비치고서야 비로소 자연은 위대해진다. 인간의 마음에 깃들고서야 비로소 신도 존재한다. 그러니 인간이야말로 가장 크고 분명한 존재이자 살아 있는 영물이 아니겠는가.'

'너라는 인간은 신과 우주라는 존재와 결코 멀리 있지 않다. 네가 차고 있는 석 자짜리 검으로도 충분히 닿을 수 있을 만큼 가

까운 곳에 있다. 아니, 그렇게 차별을 두고 있으면 결코 달인이나 명인의 경지에는 이르지 못할 것이다.'

무사시가 합장한 채 그 울림을 가슴으로 듣고 있는데 아래쪽에서 사람 소리가 들렸다.

"우와, 정말 잘 보이네!"

"이렇게 후지 산을 선명하게 볼 수 있는 날도 흔치 않습니다."

아래쪽에서 올라온 네다섯 명의 사람들이 손그늘을 만들고 산의 경관을 칭송하고 있었다. 그들도 산을 단순히 산으로 보는 사람들과 신으로 우러르는 사람들로 자연스럽게 나뉘었다.

2

고부 산瘤山 아래의 고원 쪽 길에는 이제 동서로 오가는 행인들의 모습이 개미떼처럼 보였다.

무사시는 사당 뒤편으로 돌아가서 그 길을 바라보고 있었다. 머지않아 나라이의 다이조와 조타로가 산기슭을 따라 그 길로 올라올 것이다. 그리고 혹시 자신이 보지 못하더라도 그들이 자신을 보지 못할 리는 없다고 안심하고 있었다.

왜냐하면 무사시가 만일의 경우에 대비해서 이 바위산 아래의 길가에 나무판자를 주워 다음과 같이 써서 눈에 띄도록 세워

놓았기 때문이다.

나라이의 다이조 님
이곳을 지나실 때
꼭 뵙기를 바랍니다.
위에 있는 작은 사당에서
기다리고 있겠습니다.

조타로의 스승 무사시

그러나 행인의 왕래가 가장 많은 아침 시간이 한 시진이나 지나 고원 위로 해가 높이 오를 때까지도 그들로 보이는 사람들이 지나가기는커녕 그가 세워놓은 팻말을 보고 아래에서 그를 부르는 사람조차 없었다.

"이상한데?"

무사시는 의심이 들기 시작했다.

"오지 않을 리가 없는데?"

이해할 수도 없었다.

이 고원의 봉우리를 경계로 해서 길은 고슈, 나카센도, 홋코쿠北國 가도의 세 방향으로 갈라지고 있었고, 강물은 모두 북쪽으로 흘러 에치고의 바다로 들어간다. 설령 다이조가 젠코 사 쪽이나 나카센도로 가더라도 반드시 이곳을 지나야만 한다.

하지만 세상일을 이치로만 따지다 보면 터무니없는 잘못이 왕왕 생기기도 한다. 갑자기 방향을 바꿨거나 아직 요 앞의 산기슭에서 머물고 있을지도 모른다. 무사시는 하루치의 양식을 가지고 있었지만 점심을 겸해서 산기슭 마을까지 돌아가 볼까 하고 생각했다.

"그래, 그렇게 하자."

무사시가 바위산을 뛰어 내려가려고 할 때였다. 바위산 아래에서 살기가 서린 목소리로 소리치는 자가 있었다.

"앗, 저기 있다!"

그젯밤, 무사시의 몸을 스친 지팡이의 울림과 비슷했다. 깜짝 놀란 무사시가 바위에 엎드려 아래쪽을 살펴보자 아니나 다를까 소리를 지르며 올려다보고 있는 눈은 그날 밤의 그 눈이었다.

"손님, 그대를 쫓아왔소!"

이렇게 소리친 자는 곤노스케였고 노모도 함께 있었다. 곤노스케는 노모를 소에 태우고 넉 자 정도의 지팡이와 고삐를 들고 무사시를 쏘아보며 말했다.

"손님! 마침 잘 만났습니다. 아무 말도 없이 우리 집에서 도망친 것은 우리의 마음을 알아채고 몸을 피한 것이겠지만, 그러면 내 체면이 뭐가 되겠소? 한 번 더 결투를 합시다. 내 지팡이를 막아보시오!"

3

내려가려던 발걸음을 멈추고 무사시는 바위와 바위 사이의 급한 샛길 중간에서 한동안 바위에 기댄 채 아래쪽을 내려다보고 있었다.

무사시가 내려오지 않자 곤노스케가 소리쳤다.

“어머니는 여기서 보고 계십시오. 꼭 평지에서만 싸우라는 법은 없으니 올라가서 저자를 발아래에 꿇려 보이겠습니다.”

곤노스케는 노모가 타고 있는 소의 고삐를 놓고 겨드랑이에 끼고 있던 지팡이를 들더니 무턱대고 바위산을 오르려고 했다.

“이놈아!”

노모가 나무랐다.

“저번에도 그렇게 경솔하게 굴다가 지지 않았느냐! 흥분하지 말고 먼저 적의 심중을 읽어야 한다. 만약 위에서 돌이라도 던지면 어쩔 작정이냐?”

그리고 모자 사이에 뭔가 이야기를 더 주고받는 소리가 들렸지만, 무슨 의미인지는 무사시가 있는 곳에선 알 수 없었다.

그동안 무사시는 이번 싸움은 역시 피하는 수밖에 없다고 마음을 정했다.

자신은 이미 이겼다. 그의 장술도 알고 있다. 굳이 다시 싸울 필요가 없었다. 뿐만 아니라 진 것을 분해하며 모자가 여기까지 자신을 쫓아온 것을 보면 지기 싫어하는 모자의 원한이 얼마나 큰지 무서울 정도였다. 요시오카 일문의 예를 보더라도 원한이 남는 결투는 하지 말아야 한다. 자칫하면 얻는 것 없이 귀중한 목숨만 단축시킬지도 모른다.

게다가 또 무사시는 아들을 맹목적으로 사랑한 나머지 다른 사람을 저주하게 된 무지한 노모의 무서움이 뼈에 사무쳐 있으면서 하루에 한 번은 꼭 생각날 정도였다.

그 마타하치의 노모 오스기가.

그러니 뭐가 좋아서 또다시 한 아들의 어머니에게 저주를 사겠는가. 아무리 생각해도 이번에는 도망치는 것 외에 다른 길은 없는 듯했다.

무사시는 아무 말도 하지 않고 중간 정도 내려왔던 바위산을 다시 느릿느릿 올라가기 시작했다.

"앗, 무사님!"

무사시의 등 뒤에서 이렇게 소리친 사람은 곤노스케가 아니라 방금 소 등에서 내려선 노모였다.

"……."

노모의 힘 있는 목소리에 이끌려 무사시는 뒤를 돌아보았다. 노모는 바위산 아래에 앉아서 자신을 가만히 올려다보고 있었다. 무사시가 돌아본 것을 본 노모가 땅바닥에 두 손을 짚으며 고개를 숙였다. 무사시는 당황해서 뒤로 돌아서지 않을 수 없었다. 하룻밤 신세를 지고 아무런 감사의 인사도 하지 않고 뒷문으로 도망쳐 나오기는 했지만, 말에서 내려 땅바닥에 양손을 짚고 인사를 하는 데는 어떻게 할 수가 없었다.

'노모, 고개를 드시오.'

무사시는 자신도 모르게 이렇게 속으로 외치면서 무릎을 꿇었다.

"무사님, 필시 우리를 고집이 세고 변변찮은 자들이라고 경멸하고 계실 것이오. 부끄러울 따름이오. 허나 무슨 원한이나 자만, 분노 때문이 아니오. 오랜 세월 장술을 익히면서 스승도 없고, 친구도 없고, 또 좋은 상대도 만나지 못한 제 자식을 불쌍히 여겨서 다시 한 번 가르침을 주시길 바랍니다."

무사시는 여전히 아무 말이 없었다. 하지만 노모가 간절한 마음으로 외치는 말에는 귀를 씻고 들어야만 하는 진심이 담겨 있었다.

"이대로 가 버리면 저희에게 천추의 한을 남기게 될 것입니다. 언제 다시 무사님과 같은 상대를 만날 수 있겠습니까? 또한 그렇게 부끄럽게 패한 제 자식이나 제가 예전에는 이름 높은 무가였던 저희 집안의 조상님들을 무슨 낯으로 뵐 수 있겠습니까? 원한 때문이 아닙니다. 패배를 하더라도 지금 이대로라면 그저 농부가 싸움에 진 것에 지나지 않습니다. 이렇듯 무사님과 같은 분을 만났는데 아무것도 얻지 못하고 끝난다면 그것이야말로 너무나 원통한 일이 아니겠습니까? 저는 그것을 꾸짖으며 아들을 데리고 온 것입니다. 부디 제 바람을 들어주셔서 결투를 해주시길 바랍니다. 부탁드립니다."

노모는 말을 마치고 다시 무사시를 향해 땅바닥에 양손을 짚고 고개를 숙였다.

4

무사시는 말없이 내려왔다. 그리고 노모의 손을 잡고 소 등에 태우며 말했다.

"곤노스케 님, 고삐를 잡고 걸으면서 이야기합시다. 결투를 할 것인지 하지 않을 것인지는 나도 걸으면서 생각하기로 하지요."

그러고는 말없이 그들에게 등을 보이고 걷기 시작했다. 걸으면서 이야기하자고 해놓고 그는 여전히 침묵으로 일관했다.

무사시가 무엇을 망설이는지 그 속내를 알 수 없는 곤노스케는 무사시의 뒤에서 의심의 눈빛을 반짝이고 있었다. 그리고 한 걸음이라도 뒤처지지 않으려고 느릿느릿 걷는 소를 재촉하면서 뒤따라갔다.

싫다고 할까?

응할까?

소 등에 앉아 있는 노모도 여전히 불안한 듯 보였다. 그렇게 고원 길을 10~20정쯤 갔을 때 앞서 걸어가던 무사시가 혼잣말로 대답하며 홱 돌아섰다.

"그래!"

그러고는 곤노스케를 보며 느닷없이 말했다.

"합시다."

곤노스케는 고삐를 놓으며 물었다.

"승낙하시는 거요?"

이미 생각하고 있었는지 곤노스케가 바로 결투 장소를 고르듯 주위를 둘러보는데 무사시는 그런 그가 안중에도 없다는 듯 소 등에 앉은 노모에게 물었다.

"그런데 아주머니, 만일의 경우가 일어나도 괜찮겠지요? 결투와 진검승부는 무기만 다를 뿐 종이 한 장의 차이도 나지 않습니다."

무사시가 그렇게 다짐을 두자 노모는 비로소 싱긋 웃으며 대답했다.

"무사 수련생님, 당연한 말씀을 하십니다. 아들이 장술을 수련한 지 벌써 10년, 만약 나이가 어린 그대에게 패한다면 차라리 무도의 뜻을 접는 게 낫습니다. 또 아들도 무도의 뜻을 접는다면 살아갈 의미가 없다고 하니, 그렇다면 차라리 결투를 하다 죽기를 본인도 바랄 것입니다. 이 어미 역시 원망하지 않겠습니다."

"그렇게까지 말씀하신다면."

무사시는 시선을 돌려 곤노스케가 놓은 고삐를 주워 들며 말했다.

"여기는 지나다니는 사람이 많아서 좋지 않소. 어디에 소를 매어놓고 마음껏 겨뤄봅시다."

무사시는 이노지가하라의 한복판에 서 있는 커다란 낙엽송을 가리키며 그곳으로 소를 몰고 가더니 곤노스케를 재촉했다.

"곤노스케 님, 준비하시지요."

기다리고 있던 곤노스케가 지팡이를 세우고 무사시의 앞에 섰다. 무사시는 꼿꼿이 선 채 상대방을 조용히 바라보았다.

"……."

무사시는 목검을 가지고 있지 않았다. 그렇다고 근처에서 무기를 찾으려고도 하지 않았다. 어깨도 펴지 않고 두 손은 그냥 힘없이 늘어뜨리고 있었다.

"준비를 하시오."

이번에는 곤노스케가 재촉하자 무사시가 반문했다.

"뭘 말이오?"

곤노스케는 불끈해서 매서운 목소리로 말했다.

"뭐든 자신 있는 무기를 들란 말이오."

"갖고 있소."

"맨손이오?"

"아니오."

무사시는 고개를 저으면서 왼손을 가만히 칼자루 쪽으로 옮기며 말했다.

"여기 있소."

"뭐요, 진검으로?"

"……."

무사시는 미소 짓듯 입술을 일그러뜨리며 대답을 대신했다. 낮은 목소리, 조용한 호흡 한 번도 허투루 허비할 수 없었다.

그 순간, 낙엽송 아래에 돌부처처럼 앉아 있던 노모의 얼굴이 갑자기 하얗게 질렸다.

5

노모는 진검이라는 무사시의 말에 기겁을 한 듯 황급히 소리를 질렀다.

"아, 잠깐만!"

그러나 무사시의 눈과 곤노스케의 눈은 이미 그 정도의 제지로는 바늘만큼도 움직이지 않았다.

곤노스케는 지팡이를 겨드랑이에 낀 채 지팡이에 고원의 기운을 모두 빨아들였다가 단 일격에 쏟아내려는 듯이 무사시를 향해 자세를 잡고 있었다. 무사시 역시 한 손은 칼자루를 움켜쥔 채 날카로운 눈빛으로 상대의 눈을 응시하고 있었다. 두 사람은 이미 마음속에서 결투를 벌이고 있었다. 두 사람의 눈은 칼과 지팡이가 되어 상대를 베고 있었다. 먼저 눈빛으로 베고 나서 지팡이든 칼이든 자신의 무기로 공격해 들어가려는 것이었다.

"잠깐만 기다리시오!"

노모가 또 소리쳤다.

무사시가 대답하려고 서너 걸음 뒤로 물러났다.

"왜 그러십니까?"

"진검이라 하셨소?"

"그렇습니다. 목검이든 진검이든 저와 결투할 때는 차이가 없으니까요."

"그걸 만류하는 것이 아니오."

"알고 계신다니 다행입니다만, 검이란 한번 빼든 이상 절대로 상대를 봐주는 일이 없습니다. 그렇지 않으면 도망치는 길밖에요."

"지당하신 말씀. 내가 만류한 것은 그 때문이 아니오. 동네 애들 싸움도 아니고 이런 결투를 벌이면서 통성명도 안 한다면 나중에 후회할 것 같다는 생각이 문득 들었기 때문이오."

"아, 일리가 있는 말씀입니다."

"원한으로 인한 결투도 아니고, 또 누구를 봐도 만나기 어려운 훌륭한 상대이니 인연이라면 인연일 터. 곤노스케야, 너부터 이름을 말하거라."

"예."

곤노스케는 예를 갖춘 후 자신을 소개하기 시작했다.

"제 조상님은 기소 님의 부하인 다유보 가쿠묘라는 분입니다. 그러나 그 가쿠묘 님은 기소 가문이 멸망한 후 출가하여 호넨法然 선사에게 사사하신 것으로 보아 그 일족일지도 모릅니다. 그 후 오랜 세월을 토민으로 살며 지금의 제 대에 이르렀는데, 아버님 대에 어떤 치욕을 겪고 어머님과 저는 그 원한을 풀자고 맹세하였습니다. 하여 온타케 신사에 머물면서 기도를 드리며 반드시 무도를 통해 가문을 일으킬 것을 신께 맹세하였습니다. 그리고 신 앞에서 체득한 이 장술을 무소류夢想流라 칭하니 사람들도 저를 부를 때는 무소 곤노스케라고 합니다."

곤노스케가 말을 마치자 무사시도 예를 취하고 자신에 대해 소개했다.

"저의 가문은 반슈 아카마쓰播州赤松의 지류인 히라타 쇼겐平田将監의 후예로서 미마사카美作 미야모토宮本 마을에 살고 있으며 미야모토 무니사이宮本無二斎라는 분의 아들인 미야모토 무사시라 합니다. 딱히 친척도 없고, 또 이렇듯 무도의 길에 몸을 던져 세상을 떠돌아다니는 이상 설령 지금 그대의 지팡이에 목숨을 잃는다 해도 아무런 미련이나 아쉬움은 없습니다."

무사시는 이렇게 말하고 다시 자세를 바로 잡으며 말했다.

"그럼."

곤노스케도 지팡이를 고쳐 잡고 답했다.

"그럼."

6

소나무 아래에 앉아 있던 노모는 그 순간 숨도 쉬지 않는 듯 보였다.

닥쳐온 재난은 어쩔 수 없다 해도 스스로 자신의 아들을 몰아세우면서까지 칼날 앞에 세운 것이다. 보통 사람이라면 도저히 생각할 수 없는 심리였지만 노모는 태연자약했다. 다른 사람들이 뭐라고 하든 자신만은 굳게 믿는 구석이 있는 듯한 모습이었다.

"……."

노모는 어깨를 조금 앞으로 숙인 채 양손을 단정하게 무릎 위에 올려놓고 앉아 있었다. 몇 명의 자식을 낳고, 또 몇 명의 자식을 먼저 저세상으로 보내면서 가난하고 고통스러운 삶을 견뎌온 그녀의 주름진 육신은 너무나도 작았다.

그러나 지금 무사시와 곤노스케가 불과 몇 걸음밖에 떨어지지 않은 공간을 사이에 두고 "그럼."이라는 말로 결투의 시작을 알린 순간 노모의 눈은 날카롭게 빛을 발했다.

그녀의 아들은 이제 무사시의 검 앞에 자신의 운명을 고스란히 드러낸 꼴이었다. 곤노스케는 무사시가 칼을 빼는 순간 이미 자신의 운명을 예감하고 온몸에 소름이 돋았다.

'이 인간은 대체 뭐지?'

곤노스케는 그제야 깨달았다. 며칠 전 자신의 집 뒤편에서 준비도 없이 덤벼들며 느낀 그때의 적과는 전혀 달랐다. 서체로 비유하자면 그때의 무사시는 초서체草書體처럼 자유분방했지만, 지금의 무사시는 한 점, 한 획도 소홀히 하지 않는 엄격한 해서체楷書體 같았다. 곤노스케는 자신이 적을 가늠함에 있어서 터무니없는 잘못을 저질렀다는 것을 깨달은 것이었다.

또 그것을 깨달을 수 있었기에 곤노스케는 그날 밤처럼 자신감을 앞세워 준비도 없이 무사시를 공격해 들어가지 않고, 지팡이를 머리 높이 쳐든 채 노려보고만 있었다.

"……."

"……."

이노지가하라를 뒤덮고 있던 연무도 조금씩 걷히기 시작했다. 멀리 아련하게 보이는 산을 향해 새 한 마리가 유유히 가로질러 날아갔다.

휙, 갑자기 두 사람 사이의 공기가 울었다. 날아가는 새도 떨어뜨릴 것 같은 강한 진동이었다. 그것은 또 지팡이가 공기를 가른 것인지, 검이 대지를 울린 것인지, 어느 쪽이라고도 할 수 없는 것은 한 손으로는 박수를 칠 수 없다는 것과 같다.

뿐만 아니라 두 사람의 오체와 무기가 하나가 된 움직임은 육안으로는 간파하기가 어려웠다. 눈으로 보고 뇌로 직감하는 지극히 짧은 순간에 눈에 비치는 두 사람의 위치와 자세는 이미 전혀 달라져 있었다.

곤노스케가 휘두른 일격은 무사시의 몸에서 비껴났고, 무사시가 손목을 뒤집어 중간에서 위쪽으로 휘두른 칼날은 곤노스케의 몸을 비껴나긴 했지만 오른쪽 어깨에서 살쩍을 거의 스치듯이 지나갔다.

동시에 이 경우에도 무사시의 검은 그만이 갖고 있는 특질로서 상대의 몸을 비껴갈 데까지 가자 곧바로 칼끝이 솔잎 모양을 그리며 되돌아왔다. 되돌아오는 이 칼끝 아래야말로 언제나 상대에게는 지옥과 같은 곳이었다.

때문에 곤노스케는 상대에게 두 번째 공격을 가할 틈도 없이 지팡이의 양끝을 잡고 무사시의 칼을 머리 위에서 막아낼 수밖에 없었다.

딱, 곤노스케의 머리 위에서 지팡이가 울었다. 지금처럼 칼을 지팡이로 막으면 지팡이는 두 동강이 나는 것이 당연하지만, 칼이 비스듬하게 오지 않는 한 절대 부러지지 않는다. 곤노스케도 그것을 잘 알고 있었다.

곤노스케는 그 순간 왼쪽 팔꿈치를 상대의 손목 방향으로 깊이 찔러 넣고 오른쪽 팔꿈치를 약간 높게 구부리며 무사시의 명치를 지팡이 끝으로 찌르듯이 받아낸 것이었다. 그러나 무사시의 칼은 분명히 멈췄지만 곤노스케의 목숨을 건 그 과감하고 재빠른 모험은 성공하지 못했다. 왜냐하면 지팡이와 칼이 그의 머리 위에서 딱 하고 열십자로 맞물린 순간 지팡이 끝과 무사시의 가슴 사이에는 애석하게도 한 치 정도의 지극히 작은 공간이 남아 있었기 때문이다.

7

뒤로 물러설 수도 없다.

앞으로 밀고 나갈 수도 없다.

무모하게 움직이려고 했다간 바로 초조한 쪽이 지게 되어 있었다. 이것이 칼과 칼이라면 날밑 싸움이라도 하겠지만 한쪽은 칼이고 한쪽은 지팡이였다.

지팡이에는 날밑도 없고 칼날도 없고, 또 칼끝도 칼자루도 없다.

하지만 넉 자의 둥근 지팡이는 그 전부가 칼날이고, 칼끝이고, 또 칼자루라고도 할 수 있다. 따라서 지팡이를 능숙하게 다룰 수 있으면 그 천변만화는 도저히 검에 비할 바가 아니었다.

검의 육감으로 지팡이가 이렇게 공격해 들어오겠구나 하고 미리 예상하는 것은 절대 금물이었다. 지팡이는 때에 따라서 검과 같은 성격을 띠고, 짧은 창과 같은 기능도 하기 때문이다.

지팡이와 열십자로 물린 상태에서 무사시가 검을 거두지 못하는 이유도 거기에 있었다.

곤노스케는 더욱 그러했다. 그의 지팡이는 무사시의 검을 머리 위에서 막아내고 있었기 때문에 수동적인 처지였다. 지팡이를 거두기는커녕 만약 온몸의 힘을 조금이라도 뺐다간 그 즉시 무사시의 칼이 그대로 밀고 들어와 그의 머리를 벨 것이다.

온타케의 계시를 받아 장술을 체득한 곤노스케도 지금의 상황에서는 어떻게 할 수가 없었다. 그의 얼굴은 순식간에 창백해졌다. 앞니가 아랫입술을 파고들었다. 치켜 올라간 눈꼬리에서 진땀이 흘러내렸다.

"……."

머리 위에서 열십자를 그리고 있는 지팡이와 칼이 부들부들 떨리기 시작했다. 그 밑에서 곤노스케의 숨소리가 점점 거칠어졌다. 그때, 소나무 아래에서 곤노스케보다 더 창백하게 질린 얼굴로 지켜보던 노모가 소리쳤다.

"곤노스케!"

아들의 이름을 부른 순간 그녀는 정신이 없었음이 분명했다.

앉아 있던 노모는 허리를 길게 늘이고 손으로 그 허리를 세차게 두들기면서 소리를 질렀다.

"허리다, 허리!"

그리고 노모는 그대로 피라도 토했는지 앞으로 고꾸라졌다.

무사시와 곤노스케 모두 돌부처가 되기 전까지는 떨어질 것 같지 않던 검과 지팡이가 그 순간 맞물렸을 때보다도 더 무시무시한 힘으로 떨어졌다.

무사시가 먼저였다.

물러선 것도 두 자나 석 자가 아니었다. 오른쪽인지 왼쪽인지는 모르겠지만 한쪽 뒤꿈치가 땅을 박차는 순간 그의 몸은 일곱 자나 뒤로 물러나 있었다. 그러나 그 거리는 곤노스케의 비약과 넉 자짜리 지팡이에 의해 금방 좁혀졌다.

"앗!"

무사시는 가까스로 지팡이를 옆으로 뿌리쳤다.

사지에서 공세로 들어간 순간 자신이 내려친 지팡이를 무사시가 걷어내자 곤노스케는 자신의 기세를 주체하지 못하고 머리를 땅바닥에 처박을 듯이 앞으로 고꾸라졌다. 그리고 강적을 만난 송골매가 꽁무니를 빼고 도망치듯이 머리카락이 곤두선 무사시의 눈앞에서 아무 방비도 없는 등을 고스란히 드러내고 말았다.

한 줄기의 빛줄기 같은 가느다란 섬광이 그의 등을 베었다.

"으으윽!"

곤노스케는 신음을 흘리며 몇 걸음 앞으로 걸어가다 그대로 쓰러졌다. 무사시도 한 손으로 명치를 누르면서 풀 속으로 털썩 주저앉고 말았다.

"내가 졌다!"

무사시가 외쳤다.

곤노스케는 아무 말도 없었다.

8

앞으로 고꾸라진 곤노스케는 언제까지고 움직일 줄 몰랐다. 그 모습을 보고 있는 동안 노모도 깊은 상심에 빠져 있었다.

"칼등으로 쳤습니다."

무사시가 노모를 향해 그렇게 말했다. 그래도 여전히 노모가 일어서지 않자 무사시가 다시 말했다.

"빨리 물을 먹이십시오. 아드님은 아무 상처도 입지 않았을 겁니다."

"……응?"

노모는 그제야 얼굴을 들고 다소 미심쩍은 표정으로 곤노스케를 바라보다가 무사시가 말한 대로 피가 보이지 않자 탄성을 질렀다.

"아아!"

그러고는 비틀거리며 갑자기 아들에게 달려가 아들의 몸에 매달렸다. 노모가 물을 먹이고 이름을 부르며 몸을 흔들자 이윽고 곤노스케는 눈을 뜨더니 다시 숨을 쉬기 시작했다. 그리고 망연히 앉아 있는 무사시를 보자 갑자기 벌떡 일어서서 앞으로 가더니 땅바닥에 부복하며 말했다.

"죄송합니다."

무사시는 그제야 정신이 돌아온 듯 황급히 그의 손을 잡으며 말했다.

"아니, 진 것은 그대가 아니라 저입니다."

무사시는 옷깃을 벌려 자신의 명치를 두 사람에게 보여주었다.

"지팡이 끝에 맞은 자국이 이렇듯 빨갛게 변해 있지 않습니까. 만약에 조금만 더 깊이 들어왔다면 전 필시 죽었을 것입니다."

무사시는 그렇게 말하면서도 여전히 망연해하고 있었다. 어떻게 졌는지 이해하지 못하는 듯했다. 그와 똑같이 곤노스케와 노모도 그의 명치에 난 붉은 반점을 바라보며 아무 말도 하지 못하고 있었다.

무사시는 옷깃을 여미고 노모에게 물었다.

"조금 전 저희 둘이 결투를 하고 있는 도중에 허리라고 외친 것은 무엇 때문인지요? 그때 곤노스케 님의 자세에서 어떤 허점을 발견하고 그렇게 말씀하신 건가요?"

그러자 노모가 대답했다.

"부끄럽기 짝이 없습니다만, 제 자식은 오직 무사님의 검을 지팡이로 막기 위해서 두 다리에 힘을 주고 필사적으로 버티고 있었습니다. 물러나지도 또 들어가지도 못하는 절체절명의 상황이었지요. 그 모습을 옆에서 보고 있는 동안 무예에 대해서는 아무것도 모르는 제 눈에도 순간 허점이 보였습니다. 그것은 무사님의 검에 온 마음을 빼앗기고 있었기 때문에 그리 되었던 것이었습니다. 손을 뺄지, 그대로 찌를지 마음을 정하지 못하니 더욱 알아채지 못했겠지만, 몸과 손은 그대로 둔 채 그저 허리만 낮추면 지팡이 끝이 저절로 상대의 가슴을 찌를 수 있겠다 싶어서 무슨 소리를 하는지조차 모르고 소리친 것입니다."

무사시는 고개를 끄덕였다. 그러고는 좋은 가르침을 받았다며 고마움을 표했다.

곤노스케는 아무 말 없이 두 사람의 말을 듣고 있었다. 그도 무언가 깨달은 바가 있는 것이 분명했다. 그것은 온타케 산신령의 계시가 아니라 눈앞에서 아들이 죽느냐 사느냐의 기로에 선 것을 본 현실 속 어머니가 아들에 대한 사랑으로 찾아낸 궁극의 활리活理였다.

기소의 일개 농부인 곤노스케는 훗날 무소 곤노스케라 불리며 무소류 장술의 시조가 되었다. 그는 자신이 남긴 비법 책에 '도

모導母의 일수一手'라는 비술을 소개하면서 어머니의 크나큰 사랑과 무사시와의 결투를 소상하게 적어놓았는데, '무사시에게 이겼다'라고는 적지 않았다. 그는 평생 무사시에게 졌다고 이야기하며 그 패배를 고귀한 기록으로 남겼다.

한편, 두 모자의 행복을 빌며 그들과 헤어진 무사시가 이노지가하라를 떠나 가미스와上諏方 부근에 이르렀을 때였다.

"무사시라는 자가 이 길을 지나가지 않았는지요? 분명히 이 길로 왔는데……."

쉬고 있는 마부들이며 지나가는 나그네들에게 이렇게 물어보면서 가는 한 무사가 있었다.

하룻밤의 벗

1

'너무 아파…….'

명치에서 조금 벗어난 늑골 부분이 계속 아팠다. 무소 곤노스케의 지팡이에 맞은 부위였다. 산기슭이나 가미스와 부근에서 조타로와 오쓰의 소식을 알아봐야 한다고 생각했지만, 어쩐지 정신이 맑지 않았다.

시모스와下諏訪까지 가면 온천이 있다는 생각에 무사시는 급히 걸음을 서둘러 시모스와에 도착했다.

호반 마을은 천 개의 상가가 있다고 한다. 중심가 앞에 지붕이 있는 작은 목욕탕이 한 군데 보였는데, 뒤쪽은 길가이고 누가 목욕을 하든 수상히 여기는 사람은 없었다.

무사시는 옷을 나뭇가지에 걸어놓고 노천탕에 들어가 돌을 베고 눈을 감았다.

"아아."

탕 안에서 오늘 아침부터 가죽 주머니처럼 딱딱해져 있던 명치를 주무르자 나른한 쾌감이 혈관을 타고 온몸을 돌았다.

해가 저물기 시작했다.

어부의 집인지 호반의 집과 집 사이로 보이는 수면에는 꼭두서니 빛 연무가 피어오르며 모두 탕처럼 느껴졌다. 두세 마지기의 밭을 사이에 둔 길가에서 말과 사람과 수레가 오가는 소리가 빈번하게 들려왔다. 그때 근처에 있는 기름이랑 조리, 빗 따위의 잡화를 파는 작은 가게 앞에서 누군가 말했다.

"짚신 한 켤레 주시오."

탁상 하나를 차지하고 신발을 고쳐 매던 무사였다. 그가 다시 물었다.

"이 근방에도 벌써 소문이 돌았겠지만, 교토 이치조 사의 사가리마쓰에서 요시오카의 수많은 제자들과 단신으로 맞서 멋지게 승부를 벌인 사내가 분명히 이 길목을 지나갔을 텐데 보지 못했소?"

시오지리 고개를 넘으면서부터 지나가는 행인들을 붙잡고 물어보던 바로 그 무사였다. 그런데 사람들이 무사시의 복장이나 나이 등을 되묻자 그도 잘 모르는 듯 애매하게 대답했다.

"글쎄, 그것까지는……."

그러나 무슨 볼일이 있는지 거기서도 보지 못했다는 답을 듣자 크게 낙담하며 짚신 끈을 다 매고도 여전히 푸념하듯이 중얼거렸다.

"꼭 만나야 하는데……."

'날 말하는 모양이군.'

무사시는 노천탕 안에서 밭 너머로 그 무사를 신중히 살펴보았다.

햇볕에 검게 그을린 피부, 마흔 정도 되어 보이는 연배, 떠돌이 낭인은 아니고 주군을 모시고 있는 사람 같았다.

삿갓의 끈 때문인지는 모르지만 귀밑머리가 헝클어져 있었고, 그대로 전장에 나간다면 다른 무사들이 겁을 집어먹을 만한 골격을 지니고 있었다. 옷을 벗으면 갑옷이나 갑주로 잘 단련된 몸이 드러날 것도 같았다.

'흐음, 처음 보는 자인 것 같은데…….'

무사시가 생각에 잠겨 있는 동안 무사는 그곳을 떠났다. 요시오카에 대해 말한 것으로 봐서는 어쩌면 그 제자일지도 모른다. 그 많은 제자들 중에는 기개가 있는 자도 있을 것이다. 간계를 부리며 복수를 하기 위해 기회만 엿보고 있는 자가 없다고도 장담할 수 없었다.

무사시가 몸을 닦고 옷을 입은 후에 길가로 나서자 어디에서 나왔는지 방금 그 무사가 무사시 앞에 불쑥 나타났다.

"말 좀 여쭙겠소이다."

무사는 가볍게 인사를 하더니 무사시의 얼굴을 찬찬히 살펴보면서 물었다.

"혹시 귀공이 미야모토 님이 아니신지요?"

2

무사시가 의심스런 표정으로 고개를 끄덕이자 그는 자신의 육감이 들어맞은 것을 사뭇 기뻐하며 말했다.

"이야, 드디어 뵙게 되는군요. 참으로 다행입니다. ……아니, 뭐랄까, 이번 여행길에는 처음부터 어디선가 뵐 수 있을 것 같은 기분이 들었습니다."

그는 무사시가 말할 틈도 주지 않고 어쨌든 오늘 밤엔 귀찮더라도 자기와 같이 묵자며 이렇게 덧붙였다.

"저는 결코 수상한 자가 아닙니다. 제 입으로 말하기는 좀 쑥스럽지만, 저는 길을 나설 때는 늘 열네댓 명의 시종을 거느리고 갈아탈 말도 한 필 끌고 다니는 신분입니다. 저로 말씀드리자면 오슈奧州 아오바青葉 성의 주인이신 다테 마사무네伊達政宗 공의 신하 이시모다 게키石母田外記라 합니다."

그가 하자는 대로 따라가 보니 그는 호반 중심가에 숙소를 정하고는 물었다.

"목욕은 하셨는지요?"

그러고는 무사시가 대답도 하기 전에 자기가 먼저 대답한다.

"아니지, 귀공께선 벌써 노천탕에서 목욕을 끝내셨지요? 그럼 저는 잠깐 실례하겠습니다."

그는 여장을 풀더니 홀가분한 마음으로 수건을 챙겨 들고 방을 나갔다.

재밌는 사내다. 하지만 무사시는 그가 도대체 왜 그토록 자신을 찾아다녔고, 또 왜 저렇게 자신에게 친근하게 대하는지 그 연유를 아직 알 수 없었다.

"손님께서도 옷을 갈아입으세요."

여관집 여자가 오더니 솜을 넣은 잠옷을 내밀며 말했다.

"나는 필요 없소. 아직 여기서 묵을지 어떨지도 확실하지 않으니까."

"아, 알겠습니다."

무사시는 열려 있는 툇마루로 나가서 수심에 잠겨 날이 저문 호숫가를 바라보았다.

"어떻게 됐을까?"

문득 오쓰가 떠올라 허공 속에 그녀의 슬픔에 젖은 모습을 그려본다.

뒤에서 여관집 하녀가 상을 들고 오는 소리가 조용하게 들렸다. 이윽고 등 뒤에서 불빛이 비쳤다. 난간 너머의 짙은 쪽빛 잔

물결이 어느새 어둠에 잠겨 캄캄해졌다.

'……글쎄, 방향을 잘못 잡은 것 같아. 오쓰는 납치된 거라고 했어. 여자를 납치할 정도로 나쁜 놈이 이렇게 번화한 마을로 찾아들 리가 없지.'

그런 생각을 하고 있자니 귓가에 자기를 살려달라고, 어서 구해달라고 소리치는 그녀의 목소리가 들리는 것 같았다. 모든 게 하늘의 뜻이겠거니 체념하고 있었지만, 이내 초조해지는 마음은 어쩔 수가 없었다.

"이거 정말 실례했습니다."

그때 이시모다 게키가 돌아왔다.

"자, 이리 앉으시지요."

그는 무사시에게 밥상 앞에 앉을 것을 권하다가 자기만 잠옷으로 갈아입은 것을 알고 무사시에게 말했다.

"귀공께서도 어서 옷을 갈아입으시지요."

무사시는 완강하게 사양하며 자신은 길 위에서 생활하는 것이 익숙한 몸이라 잠을 잘 때나 길을 갈 때도 지금 이 모습이 편하다고 대답했다.

"바로 그것입니다!"

이시모다는 무릎을 치며 감탄했다.

"제 주군이신 마사무네 님의 마음가짐 역시 그렇습니다. 분명 그럴 분이라고 생각했지만, 으음 역시……."

그는 등불에 비친 무사시의 옆얼굴을 구멍이 뚫릴 정도로 넋을 잃고 바라보다가 곧 정신을 차리고 말했다.

"자, 이렇듯 만나게 된 것을 축하하는 의미에서."

그가 밤새 즐겨보자는 듯 은근한 눈빛으로 술잔을 권하자 무사시는 손을 무릎 위에 놓은 채 가볍게 답례만 하고 그제야 비로소 물어보았다.

"이시모다 님, 이처럼 제게 호의를 베푸는 연유가 무엇입니까? 일개 떠돌이 낭인인 저를 쫓아와서 이렇듯 친절하게 대해주시는 이유 말입니다."

3

무사시에게 질문을 받은 이시모다는 비로소 자신의 일방적인 행동을 깨달은 듯했다.

"의아하게 생각하시는 것도 당연합니다. 그러나 특별한 의미는 없습니다. 굳이 말씀드린다면 제가 무사시 님에게 반했다고나 할까요?"

그리고 다시 덧붙였다.

"하하하, 남자가 남자에게 반한 것이지요."

이시모다 게키는 이것으로 충분히 자신의 마음을 설명했다고 생각하는 듯했지만, 무사시는 조금도 이해가 되지 않았다.

남자가 남자에게 반할 수도 있다. 하지만 무사시는 아직 반할 만한 남자를 만난 적이 없다. 반할 만한 대상이기에는 다쿠안沢庵은 너무 무서웠고, 고에쓰는 사는 세상이 너무 달랐고, 야규 세키슈사이도 너무 높은 경지에 있었다.

과거의 지기를 돌아보아도 남자가 반할 만한 남자는 별로 없었다.

그런데 지금 이시모다가 자신에게 반했다고 말한 것이다.

추종한다는 걸까. 그런 말을 가볍게 하는 남자는 너무 경박하다고 생각해도 무방하다. 그러나 그의 강건한 풍모를 보면 그리 경박한 사람 같지는 않았다.

"지금 반했다고 말씀하신 것은 무슨 의미입니까?"

무사시가 진지한 얼굴로 되묻자 이시모다는 기다리고 있었다는 듯이 말했다.

"실은 이치조 사 사가리마쓰에서 있었던 일을 전해 듣고 실례인 줄 알면서도 지금까지 얼굴도 모르는 귀공을 동경해왔습니다."

"그럼 그때 교토에 계셨습니까?"

"정월에 교토로 가서 3조에 있는 다테 님의 댁에서 묵고 있었습니다. 이치조 사에서 결투가 벌어진 다음 날 평소처럼 가라스마루 미쓰히로烏丸光広 경의 저택을 찾아갔다가 거기서 귀공의 이야기를 듣게 된 것이지요. 가라스마루 님은 귀공을 만난 적이 있다고 하시고, 그분께 귀공의 연배와 내력 등을 듣고 귀공을 흠모하기에 이르러서 어떻게든 꼭 한 번 만나보고 싶다고 간절히 바라게 된 것입니다. 그런데 이번에 고향으로 내려가는 길에 뜻밖에도 귀공이 시오지리 고갯마루에 써놓은 팻말을 보고 이 길로 가고 있다는 것을 알게 된 것입니다."

"팻말이라니요?"

"나라이의 다이조 선생을 기다리는 연유를 나무에 써서 길가 벼랑에 세워두지 않으셨습니까?"

"아아, 그걸 보신 게로군요."

무사시는 자신이 찾아 헤매는 사람은 만나지 못하고 오히려 뜻하지 않게 아무 연고도 없는 사람이 이렇게 자신을 찾아내다니, 세상 참 짓궂다고 생각했다.

그러나 이시모다의 마음을 알고 나니 그의 진심어린 마음이 너무 과분해서 몸 둘 바를 몰랐다.

렌게오인蓮華王院에서의 결투나 이치조 사에서의 혈전은 무사시에게 오히려 부끄러운 일로 마음에 큰 상처만 남긴 일이었다. 하물며 자랑스레 여기는 마음 따위는 털끝만치도 없건만, 그 사건들이 세상 사람들을 놀라게 하며 소문이 되어 일파만파로 퍼지고 있는 듯했다.

"저는 그 결투를 부끄럽게 여기고 있습니다."

무사시는 진심으로 부끄러워하며 말했다. 자신은 누군가가 반할 만한 자격이 없는 사람이라고 생각하는 것이었다.

하지만 이시모다는 무사시를 칭송하느라 여념이 없었다.

"100만 석의 녹봉을 받는 다테 가문의 무사들 중에도 훌륭한 무사는 얼마든지 있습니다. 또 이렇게 세상을 돌아다니다 보니 검의 달인이며 고수라 할 만한 자들도 적지 않더군요. 하지만 귀공과 같은 분은 쉬이 볼 수 없을 것입니다. 장래가 촉망된다는 것은 귀공과 같은 젊은 분을 두고 하는 말이겠지요. 정말로 저는 귀공에게 완전히 반했습니다."

그리고 다시 술잔을 건네며 말을 이었다.

"그렇게 오늘 밤 저는 하룻밤의 사랑을 이루게 된 것입니다. 귀찮으시더라도 부디 한 잔 받으시고 좋은 말씀을 들려주시기 바랍니다."

4

무사시는 마음을 열고 잔을 받았다. 그리고 누구나 그렇듯 곧 얼굴이 빨개졌다.

"설국雪國의 무사는 모두 술이 셉니다. 마사무네 공께서 강하시니 용장 밑에 약졸이 없듯이 말입니다."

이시모다 게키는 좀처럼 술에 취하지 않았다. 술을 가져오는 여자에게 몇 번이나 등잔의 심지를 잘라 불을 키우게 하고는 이렇게 말했다.

"오늘 밤은 밤새 술을 마시며 이야기를 나눕시다."

무사시도 허리를 꼿꼿이 세우고 웃음을 지으며 대답했다.

"그러시지요. 그런데 이시모다 님은 조금 전 가라스마루 댁에 자주 가신다고 했는데 미쓰히로 경과 친하십니까?"

"친하다고 할 정도는 아니지만, 주군의 심부름으로 자주 뵙다 보니 원래가 호방하신 분이라 어느새 허물없이 찾아뵙게 되었습니다."

"저도 혼아미 고에쓰本阿弥光悦 님의 소개로 야나기마치柳町의 오기야扇屋에서 한 번 뵌 적이 있는데 공경公卿답지 않게 성품이 쾌활하신 듯했습니다."

"쾌활? ……그게 단가요?"

이시모다는 무사시의 평가가 불만인 듯 말했다.

"그분과 좀 더 오래 이야기를 해보면 그분이 품고 있는 정열과 지성도 분명 느끼셨을 텐데요……."

"아무래도 장소가 기루라서 그랬나 봅니다."

"그렇군요. 그럼 그분이 세상에 대해 불평하는 모습밖에 보지 못하신 것입니다."

"그럼, 그분의 진짜 모습은 어떻습니까?"

무사시가 아무렇지 않게 묻자 이시모다는 자세를 고치며 진지한 어조로 말했다.

"근심 속에 계십니다."

그리고 다시 이렇게 덧붙였다.

"그 근심은 바로 막부의 횡포 때문이지요."

잔잔히 흘러가는 물결 소리 사이로 불빛이 일렁이고 있었다.

"무사시 님, 귀공은 대체 누구를 위해 검술을 연마하고 계십니까?"

여태까지 그런 질문을 받은 적이 없는 무사시는 솔직하게 대답했다.

"저 자신을 위해서입니다."

이시모다는 고개를 크게 끄덕이며 말했다.

"흠, 좋군요."

그리고 다시 물었다.

"허면 그 자신은 누구를 위해서입니까?"

"……."

"그 또한 자신을 위해서입니까? 설마 귀공 정도의 실력을 갖추신 분이 원대한 야망도 없이 일신의 영달에만 만족할 리는 없을 텐데요……."

이야기는 그런 계기로 시작되었다. 아니, 오히려 이시모다가 그런 계기를 일부러 만들어서 자신의 본심을 피력했다고 보는 것이 적절할 것이다.

그의 이야기에 따르면 지금 천하는 이에야스의 손에 넘어가서 일단은 사해 만민이 모두 태평세월을 칭송하고 있는 것처럼 보이지만, 정말로 백성들을 위해 행복한 세상을 만든 것인지 의심해봐야 한다는 것이다.

호조北条, 아시카가足利, 오다織田, 도요토미豊臣가 정권을 잡은 오랜 세월 동안 항상 학대를 받아온 것은 백성과 왕실이었다. 왕실은 이용당했고, 백성은 대가도 없이 노력과 희생만을 강요당했다. 그 둘 사이에서 오직 무사의 번영만을 생각해온 것이 요리토모頼朝(미나모토노 요리토모源頼朝, 12세기 일본에서 가마쿠라 막부鎌倉幕府를 세운 무장. 무가 정치의 창시자) 이후의 무가들이었으며, 지금의 막부 제도 역시 마찬가지다.

그래도 노부나가는 그런 폐단을 깨닫고 왕의 궁성인 다이다이리大内裏를 조영하기도 했고, 히데요시도 고요제이後陽成 왕의 행차를 받들거나 서민을 위한 복지 정책을 펴기도 했지만, 이에야스의 정책이 본격적으로 시행되기 시작한 지금은 어디까지나 도쿠가와 가문을 중심으로 다시 서민의 행복과 왕실의 존엄을 희생해서 막부만 비대해져가는 전횡의 시대가 오는 것은 아닌가 하고 앞날이 걱정된다는 것이었다.

"그것을 진심으로 걱정하는 분은 천하의 제후 중에서도 제 주군이신 다테 마사무네 공 외에는 없습니다. 그리고 공경 중에서는 가라스마루 미쓰히로 경 같은 분이고요."

이시모다는 그렇게 말했다.

5

남이 자랑 삼아 하는 말은 본디 듣기가 거북하다. 그러나 자신의 주군에 대한 자랑만은 듣고 있어도 불쾌한 기분이 들지 않는다.

이시모다 게키는 유난히 주군을 자랑스럽게 생각하는 듯했다. 지금 이 나라의 제후 중에서 진심으로 나라를 걱정하고, 또 왕실을 생각하는 사람은 마사무네뿐이라고 했다.

"……허허."

무사시는 그저 그렇게 고개만 끄덕였다.

사실 그는 그렇게 끄덕이는 정도의 지식밖에 없었다. 세키가하라 전투 이후로 천하의 판도는 일변했지만, 그것을 보고 세상이 많이 변했다고만 생각할 뿐 히데요리 쪽의 오사카 계 다이묘大名(헤이안平安 시대에 등장하여 19세기 말까지 각 지방의 영토를 다스리고 권력을 행사했던 유력자를 지칭하는 말)가 지금 어떻게 움직이려고 하는지, 도쿠가와 쪽 제후들이 무엇을 꾀하고 있는지, 시마즈나 다테 같은 군웅들이 그 사이에서 어떻게 엄존하고 있는지와 같은 대세를 꿰뚫어보는 안목이나 지식을 갖추고 있지는 못했다.

그나마 가토加藤라든가 이케다池田, 아사노浅野, 후쿠시마福島 같은 사람들이라면 무사시도 스물두 살의 청년다운 견해를 가지고 있었지만, 다테 같은 인물에 대해서는 그저 막연하기만 했다.

'표면적으로는 60여 만 석이라고 하지만 실제로는 100만 석이 넘는 미치노쿠陸奧(지금의 후쿠시마福島, 미야기宮城, 이와테岩手, 아오모리青森의 네 현縣)의 대 영주.'

고작 이 정도의 지식밖에는 없었던 것이다.

그러니 그저 고개만 끄덕이며 마사무네가 그런 인물인가 하고 듣고 있을 수밖에 없었다. 이시모다는 이런저런 예를 들어가며 말했다.

"제 주군이신 마사무네 님은 1년에 두 번은 반드시 향토의 특산물을 거두어 고노에近衛 가문을 통해 왕께 헌상하시는데, 아무리 전쟁이 발발해도 그 일만은 거르는 일이 없었습니다. 이번에 제가 교토에 간 것도 그 공물을 싣고 간 것이었는데, 무사히 소임을 마치고 돌아가는 길에 휴가를 얻어서 혼자 세상구경을 하며 센다이仙台까지 온 것입니다."

그는 잠시 쉬었다가 말을 이었다.

"천하의 제후들 중에서 성 안에 옥좌가 있는 방을 만든 것은 우리 아오바 성이 유일할 것입니다. 궁궐을 개축할 때 나온 헌 목재를 배로 실어 와서 지은 것이지요. 매우 소박하게 지은 그 방에서 주군은 아침저녁으로 절을 하시며 무가들의 전횡이 세상을 어지럽히면 왕실을 대신해서 언제든 그들을 상대로 싸우실 뜻을 품고 계십니다."

이시모다는 그렇게 말하고는 무슨 생각이 났는지 다시 말을 이었다.

"그렇지, 이런 이야기도 있습니다. 조선을 침략할 때, 고니시小西, 가토 등이 서로 공명을 다투느라 좋지 않은 소문이 나기도 했는데, 그때 마사무네 공께서는 조선의 진중에서 등에 일장기를 꽂은 채 홀로 싸우셨다고 합니다. 다른 사람들이 가문의 문장도 있는데 왜 그런 깃발을 꽂고 전장에 나갔느냐고 묻자, 주군께서는 '적어도 해외에 군사를 이끌고 참전한 이상 어찌 일개 다테 가의 공명을 위해 싸울 수 있겠소이까. 또 다이코太閤(도요토미 히데요시)를 위한 것도 아니오. 이 일장기를 조국의 표식으로 생각하고 목숨을 버린다는 각오를 한 것이오.'라고 대답했다고 합니다."

무사시는 흥미진진하게 듣고 있었다. 이시모다는 술을 마시는 것도 잊은 채 이야기를 하느라 여념이 없었다.

6

"술이 다 식었군."

이시모다는 손뼉을 쳐서 여종업원을 불렀다. 그리고 술을 더 시키려고 하자 무사시가 황급히 말렸다.

"술은 이제 됐습니다. 저는 밥을 먹었으면 합니다."

"무슨 말씀입니까? 아직……."

이시모다는 아쉬운 마음에 중얼거렸지만, 무사시에게 실례가 아닐까 생각했는지 여종업원에게 급히 다시 말했다.

"그럼, 밥을 가져오너라."

그의 주군 자랑은 밥을 먹으면서도 여전히 계속되었다. 그중에서 무사시의 관심을 끈 것은 마사무네를 중심으로 다테 번藩(에도 시대 다이묘의 영지나 그 정치 형태)의 사람들이 모두 '무사는 어떠해야 한다.'며 무사의 본분, 즉 무사도를 끊임없이 연마하고 있다는 점이었다.

요즘과 같은 세상에 '무사도'가 존재할까 싶지만 무사가 흥했던 먼 옛날부터 막연하게나마 무사도는 존재했다. 하지만 그것은 그저 오래된 도덕처럼 여겨지고 있었고, 난세가 지속되는 동안 그 도의도 무너지고 말았으며, 지금은 검을 지닌 사람들 사이에서조차 예전의 오래된 무사도를 찾아볼 수 없게 되었다.

그리고 그저 '무사다.' '궁수다.'라는 관념만이 센고쿠戰國 시대(일본 무로마치 시대의 말기인 15세기 후반부터 16세기 후반까지 군웅이 할거하여 서로 다투던 시대)의 혼란과 더불어 강해지고 있을 뿐이었다.

새로운 시대는 오고 있었지만, 새로운 무사도는 정립되지 않았다. 따라서 무사니, 궁수니 하고 자부하는 자들 중에는 촌부나 장사치보다 못한 저열한 자들이 허다했다. 물론 그처럼 저열한 무장들은 제 스스로 자멸의 길로 가지만, 그렇다고 해서 참된 무사도를 연마하여 나라를 부강하게 만드는 근본으로 삼겠다고 자각하고 있는 무장은 여전히 도요토미 계나 도쿠가와 계의 제후들 중에서 찾아봐도 극히 드물었다.

예전에 무사시가 히메지姬路 성의 덴슈카쿠天守閣(성의 중심부인 아성牙城의 중앙에 3층 또는 5층으로 제일 높게 만든 망루)에 있는 한 방에서 다쿠안 때문에 3년 동안 유폐되어 있으면서 햇빛도 보지 못하고 책만 읽고 있을 때 이케다池田 가의 수많은 장서 중에서 한 책의 사본이 있었다는 것을 기억하고 있다. 그 책에는 '후시키안不識庵 님 일용수신권日用修身卷'이라고 표제가 달려 있었는데, 후시키안은 말할 것도 없이 우에스기 겐신上杉謙信을 말한다. 서책의 내용은 겐신이 평소 자신이 어떻게 몸과 마음을 닦고 있는지를 적어서 가신들에게 보여준 것이었다.

그것을 읽은 무사시는 겐신의 일상생활을 알게 된 것은 물론, 당시의 에치고越後가 왜 그토록 부강했는지 그 이유를 알 수 있었다. 그러나 그것을 '무사도'와 결부시켜 생각하지는 못했다.

그런데 오늘 밤, 이시모다 게키의 이야기를 듣고 있자니 마사무네는 겐신에게 뒤지지 않는 인물로 생각될 뿐만 아니라, 지금과 같은 난세 속에서 그의 번은 어느새 막부의 권력에도 굴하지 않는 '무사도'를 정립하여 그것을 끊임없이 연마하고 있다는 것을 이 자리에 있는 이시모다 게키만 봐도 충분히 알 수 있을 듯했다.

"아이고, 저도 모르게 제 이야기만 주절주절 늘어놓고 말았습니다. 하지만 무사시 님, 어떻습니까? 센다이에 한번 들르시지 않겠습니까? 저희 주군은 더없이 소탈한 분이셔서 무사도를 갖춘 무사라면 낭인이든 누구든 허물없이 만나시곤 합니다. 제가 추천도 하겠으니 꼭 한번 오십시오. 아니, 이것도 인연인데 괜찮으시면 같이 가시는 게 어떻겠는지요?"

그는 상을 물린 뒤에도 같이 가자며 간곡히 권했지만, 무사시는 일단 생각해보겠다고 대답하고 다른 방으로 옮겼다.

다른 방으로 와서 잠자리에 누워도 무사시의 정신은 말똥말똥했다.

'무사도.'

무사시는 무사도에 대해 이런저런 생각을 하다가 홀연히 그것을 자신의 검에 귀착시켜서 생각해보다 깨달았다.

'검술.'

그것은 아니었다.

'검도.'

검은 어디까지나 길이어야 한다.

'겐신이나 마사무네가 주창한 무사도에는 다분히 군율적인 면이 있다. 나는 그것을 인간적인 내용으로 깊고 높게 규명해가자. 작고 초라한 일개 인간이 어떻게 하면 그 생명을 준 자연과 융합하고 조화를 이뤄 천지의 대우주와 함께 호흡하고, 안심과 입명의 경지에 이를 수 있을까. 갈 수 있는 곳까지 가 보자. 그 완성에 뜻을 두고 정진하자. 검을 '도道'라고 부를 수 있는 곳까지 이 한 몸을 철저하게 단속하는 것이다.'

무사시는 그렇게 마음속으로 결심하고 나서야 비로소 깊은 잠에 빠져들었다.

돈

1

무사시는 눈을 뜨자마자 가장 먼저 오쓰는 어떻게 되었는지, 조타로는 어디를 걷고 있는지부터 떠올렸다.

"어젯밤에는 실례가 많았습니다."

이시모다 게키와 얼굴을 마주하고 아침밥상 앞에 앉았다. 지치는 줄도 모르고 이야기를 주고받다 이윽고 여관을 나온 두 사람은 나카센도를 오가는 사람들에 섞여서 걸어갔다.

무사시는 무의식중에도 오가는 사람들을 유심히 살폈다. 그러다 닮은 뒷모습을 보면 깜짝 놀라서 혹시나 하고 눈을 떼지 못했다.

그런 무사시를 이상하게 여겼는지 이시모다가 물었다.

"혹시 누구를 찾고 계십니까?"

"예, 그렇습니다."

무사시는 간단히 사정을 이야기하고는 에도로 가는 길에도 그 두 사람의 안부에 대해 계속 신경 쓰면서 가야 하니 여기서 이만 헤어지는 게 낫겠다며 어젯밤 일에 대한 감사 인사와 함께 작별을 고했다. 이시모다는 섭섭해하며 대답했다.

"모처럼 좋은 길동무를 만났는데 사정이 그러하다니 어쩔 수 없지요. 그러나 어젯밤에 말씀드린 것처럼 꼭 한번 센다이에 와 주시길 바랍니다."

"감사합니다. 기회가 닿으면 찾아뵙도록 하겠습니다."

"다테 무사의 기풍을 꼭 보여드리고 싶습니다. 또 〈산사시구레さんさ時雨〉(1589년, 다테 마사무네가 아이즈会津 지방의 다이묘인 아시나蘆名를 스리아게하라摺上原 전투에서 격파한 직후에 다테 군의 장병들이 만들어서 부른 민요)도 들어보시지요. 노래가 싫으시다면 마쓰시마松島의 풍경을 보러 오셔도 좋습니다. 그럼, 기다리겠습니다."

하룻밤의 벗은 그렇게 말하고 와다 고개和田峠 방향으로 걸어가기 시작했다. 왠지 마음이 끌리는 사람이었다. 무사시는 언젠가 꼭 다테 번에 가리라 생각했다.

요즘 같은 세상에 이시모다 같은 나그네를 만나는 것이 무사시뿐만은 아닐 것이다. 왜냐하면 당장 내일을 알 수 없을 정도로 급변하는 세상이다. 수많은 번들에서는 끊임없이 인재를 구하고 있다. 길거리에서 좋은 인재를 찾아 주군에게 추천하는 일은 가신으로서 중요한 임무 중 하나이기 때문이다.

"나리, 나리!"

뒤에서 누군가 불렀다.

일단 와다 쪽으로 방향을 잡고 가던 무사시가 발길을 돌려 시모스와 길목으로 돌아가서 고슈 가도와 나카센도의 갈림길에서서 고민에 빠져 있는 모습을 본 역참의 일꾼들이었다.

역참의 일꾼들이라 해도 그들 중에는 짐꾼과 마부도 있었고, 또 이곳부터 와다 고개까지는 오르막이었기 때문에 지극히 원시적인 산가마꾼도 있었다.

"왜 그러나?"

무사시가 돌아보았다.

일꾼들은 그 모습을 무례한 눈빛으로 훑어보며 털이 수북이 난 팔을 끼고 다가왔다.

"나리, 아까부터 일행을 찾는 듯한데, 일행이 혹시 미인입니까? 아니면 일행이라도 그냥 그런 여자인지요."

2

짐도 없고, 산가마를 탈 기분도 아닌 무사시는 귀찮은 듯 고개를 저으며 묵묵히 걸어가다 다시 동쪽으로 갈지, 서쪽으로 갈지

망설이는 모습이었다.

한번은 모든 걸 하늘의 뜻에 맡기고 일단 에도로 가기로 결심했지만, 문득 오쓰와 조타로가 떠올라 그러지도 못했다.

'그래, 오늘 하루만이라도 이 근방을 더 찾아보자. ……만일 그래도 찾지 못한다면 일단 포기하고 길을 나서기로 하고…….'

그가 그렇게 마음을 먹었을 때 다른 일꾼이 그에게 말했다.

"나리, 뭔가 찾는 것이 있으시다면 어차피 저희들은 이렇게 햇볕이나 쬐며 놀고 있으니 시켜주시지요."

그러자 다른 자들도 일제히 떠들기 시작했다.

"돈은 많이 달라고 하지 않겠습니다."

"도대체 찾고 계신 분이 여자 분입니까, 노인입니까?"

그들이 그렇게 말하자 무사시도 "실은……." 하고 자초지종을 이야기해주고 나서 혹시 그런 소년과 젊은 여자를 이 길에서 보지 못했는지 물어보았다.

"글쎄요."

그들은 서로 얼굴을 쳐다보더니 말했다.

"아무도 그런 사람은 본 적이 없는 듯하지만 저희들이 스와와 시오지리의 세 길로 흩어져서 찾으면 일도 아닐 겁니다. 납치된 여자 분이 길도 없는 곳을 넘어갔을 리는 만무하고, 수소문하고 돌아다닌다 해도 이곳 지리에 밝은 저희들이 아니면 모르는 샛길도 있으니 말입지요."

"그렇겠군."

무사시는 그들의 말에 일리가 있다고 생각하고 고개를 끄덕였다. 이곳 지리에 어두운 자신이 공연히 이리저리 헤매는 것보다 이들을 이용하면 두 사람의 소식을 곧 알 수 있을지도 모른다.

"그럼, 부탁하겠네. 우선 자네들의 손을 빌려 찾아보기로 하지."

무사시가 솔직하게 말하자 일꾼들은 신이 나서 대답했다.

"좋습니다."

그들은 한동안 무리를 어떻게 나눌지 시끌벅적하게 의논하다가 이윽고 대표자가 한 명 앞으로 나와 손을 비비며 무사시에게 말했다.

"저어, 나리. 헤헤헤, 정말로 송구합니다만, 저희들이 몸뚱이로 하는 일인데 아직 아침도 먹지 못했습니다. 저녁때까지는 무슨 일이 있어도 찾아드릴 테니 반일치 품삯과 짚신 값이라도 좀 미리 주실 순 없겠는지요."

"물론 주고말고."

무사시는 당연하게 생각하며 얼마 안 되는 노잣돈을 세어보았지만, 그가 요구하는 금액에는 턱없이 모자랐다.

무사시는 돈의 소중함을 뼈에 사무치도록 잘 알고 있었다. 왜냐하면 그는 혼자였고, 또 늘 길 위에서 여행자로 살고 있었기 때문이다. 하지만 무사시는 또 돈에 집착하지 않았다. 그는 혼자이기 때문에 누구를 부양할 책임도 없고, 잠도 절간에서 자거나 들판에서 잘 수도 있었다. 때로는 아는 이의 도움을 받아 끼니를 해결하기도 했고, 그럴 수 없으면 굶기도 했지만, 그것이 괴롭거나 서글펐던 적은 한 번도 없었다. 그렇게 어찌어찌 오늘까지 유랑생활을 해왔다.

생각해보니 여기까지 오는 데 들어간 돈도 모두 오쓰가 내놓은 것이었다. 오쓰는 가라스마루 댁에서 막대한 노잣돈을 받았고, 그것으로 경비를 충당하면서 무사시에게도 돈을 나눠주었다.

무사시는 그 돈을 전부 일꾼들에게 주었다.

"이것이면 되겠나?"

일꾼들은 돈을 나눠 가지며 대답했다.

"됐습니다. 부족하지만 어쩌겠습니까? 그럼, 나리께선 스와묘진明神 신사의 누각에서 기다리십시오. 저녁때까지는 꼭 좋은 소식을 가지고 오겠습니다."

그들은 그렇게 말하고는 새끼 거미 떼처럼 사방으로 흩어졌다.

3

사람들이 사방으로 흩어져서 찾고 있었지만, 하루 종일 아무것도 하지 않고 기다리고 있는 것도 어리석은 짓 같아서 무사시는 무사시대로 다카지마高島의 성시에서 스와 일대를 찾아다녔다.

오쓰와 조타로의 소식을 수소문하며 돌아다니면서 무사시는 저물어가는 하루가 너무 안타까웠다. 그의 머릿속에서는 쉴 새 없이 이 지방의 지세와 수리를 탐색했고, 또 누군가 명망 있는 무인은 없을까 하는 쪽으로 마음이 부산하게 움직였다.

그러나 양쪽 모두 별다른 소득이 없었다.

이윽고 해질 무렵, 일꾼들과 약속한 신사의 경내로 가 보았으나 누각 근처에는 아무도 돌아와 있지 않았다.

"아아, 피곤하다."

무사시는 중얼거리면서 누각의 돌계단에 앉았다. 정말로 피곤한 건지, 그의 입에서 한숨 같은 이런 중얼거림이 나오는 일은 극히 드물었다.

아무도 오지 않는다.

다소 지루해진 무사시는 넓은 경내를 한 바퀴 돌고 나서 다시 돌아왔다. 여전히 일꾼들은 한 명도 나타나지 않았다. 어둠 속에서 쿵쿵쿵, 뭔가 차는 듯한 소리가 이따금 들려왔는데, 무사시는 그때마다 정신이 돌아온 듯 눈을 크게 떴다. 그리고 아무래도 그 소리가 신경 쓰였는지, 누각의 돌계단에서 내려와 울창한 숲속에 있는 마구간 안을 들여다보자 그 안에 백마가 한 필 매여 있는 것이었다. 아까 그 소리는 말이 바닥을 차며 구르는 소리였다.

"낭인, 무슨 일이시오?"

말에게 먹이를 주고 있던 사내가 돌아보며 무사시에게 물었다.

"내게 무슨 볼일이라도 있소?"

못마땅한 표정으로 말한다.

무사시가 연유를 말하고 수상한 사람이 아니라고 하자 신사의 일꾼인 그가 갑자기 배를 잡고 웃었다.

"아하하, 아하하하."

무사시가 발끈해서 뭐가 그리 웃기냐고 묻자 사내는 더 크게 웃으며 말했다.

"그러고도 여행을 참 잘도 다니시는군요. 길가의 파리 떼처럼 무리 지어 있는 그런 자들이 미리 돈을 받고 뭐 하러 하루 종일 사람을 찾아다니겠소?"

"그럼, 무리를 나눠 찾아다니겠다는 말이 거짓이란 말이오?"

무사시가 다그쳐 묻자 사내는 안됐다는 듯 진지한 표정으로 말했다.

"당신은 속은 것이오. 어쩐지 오늘 열 명쯤 되는 일꾼들이 뒷산 숲에 둘러앉아 술을 마시면서 노름을 하고 있더니, 필시 그 자들이지 싶소."

그러고 나서 사내는 이 부근에서 그들의 속임수에 빠져 노자를 빼앗긴 행인들의 이야기를 해주었다.

"세상이란 그런 것이니 앞으로는 매사에 조심하는 게 좋을 것이오."

그는 그렇게 말하고는 텅 빈 먹이통을 들고 저쪽으로 가 버렸다.

무사시는 망연하게 서 있었다.

"……."

너무나 어리석은 자신을 발견한 듯했다.

검에 있어서는 빈틈이 없다고 자부하는 자신도 세상일에 있어서는 무지한 역참의 일꾼들에게 어리숙하게 농락당하고 말았다며 세속적인 미숙함을 깨달은 것이었다.

"……어쩔 수 없지."

무사시는 중얼거렸다.

분하지는 않았지만 이번 일로 알게 된 자신의 미숙함은 이윽고 삼군을 움직이는 병법에서도 나타날 미숙함이었다. 앞으로는 겸허해져서 세상일에 대해서도 좀 더 공부해야겠다고 생각했다.

그리고 그는 다시 누각 쪽으로 돌아왔는데, 언뜻 보니 자신이 떠난 자리에 누군가 서 있었다.

4

"아, 나리."

누각 앞에서 주위를 둘러보던 그는 무사시를 발견하자 곧장 돌계단을 뛰어 내려왔다.

"찾으시는 분 중 한 분의 소식을 알아내서 말씀드리러 왔습니다."

"응?"

무사시가 오히려 뜻밖이라는 표정으로 상대를 살펴보니 그는 분명히 오늘 아침에 반일치 품삯을 받고 오쓰와 조타로를 찾으러 떠난 역참의 일꾼 중 한 명이었다.

방금 전에 속았다며 마구간에서 놀림을 당한 무사시로서는 뜻밖일 수밖에 없었다. 동시에 그는 자신에게서 반일치 품삯이라며 술값을 사기 친 사람들이 세상에는 흘러넘치고 있었지만, 세상 사람 모두가 사기꾼은 아니라는 것을 알고 무엇보다도 기뻤다.

"그 한 명이 조타로라는 소년인가? 아니면 오쓰인가?"

"조타로라는 아이를 데리고 있는 나라이의 다이조 선생의 경로를 알아냈습니다."

"그렇군."

무사시는 그것만으로도 한결 마음이 가벼워졌다.

일꾼의 이야기에 따르면, 아침에 품삯을 받은 다른 일꾼들은 처음부터 사람을 찾을 생각은 털끝만큼도 없었기 때문에 모두 투전을 하느라 정신이 없었지만, 자기만은 사정을 듣고 딱한 생각이 들어서 혼자 시오지리에서 세바까지 가서 그곳의 동료들에게 수소문해보니 여자의 소식은 알 수가 없었지만, 나라이의 다이조 선생이 바로 오늘 정오 무렵에 스와를 지나 와다 산을 넘어갔다는 얘기를 여관집 하녀에게 들었다는 것이다.

"고맙네. 수고했군."

무사시는 일꾼의 정직함과 수고에 대해 술값이라도 주려고 품속을 뒤져보았지만 가진 돈 전부를 그들에게 주고 난 뒤라 오늘 저녁 밥값밖에 남아 있지 않았다.

'그래도 뭔가 주고 싶은데.'

무사시는 다시 생각해봤지만 자기가 지니고 있는 것 중에 값이 나갈 만한 것은 하나도 없었다. 그는 결국 오늘 저녁은 굶을 작정을 하고 한 끼 밥값으로 남겨두었던 몇 푼 안 되는 돈을 가죽 염낭에서 꺼내 전부 그 사내에게 주었다.

"아이고, 고맙습니다."

일꾼은 당연히 해야 할 일을 했을 뿐인데 과분한 답례를 받게 되자 기뻐하며 이마가 땅에 닿을 정도로 인사를 하고는 돌아갔다.

'이제 한 푼도 없구나.'

무사시는 생각지도 못하게 없어져버린 돈에 아쉬움을 느꼈다. 주고 싶어서 준 돈이지만 막상 수중에 한 푼도 없자 난감한 기분이 들었다. 해질녘부터 이미 공복을 느끼기도 했고…….

하지만 그 돈이 그 정직한 사람에게 들어간 이상 자신의 주린

배를 채우는 것보다 더 좋은 일에 쓰일 것이 분명했다. 게다가 그는 정직하게 살면 꼭 보답을 받는다는 사실을 알고 내일도 다시 길 위에서 다른 나그네들에게도 정직하게 대할 것이다.

'그래, 이 근방의 처마 아래를 빌려 아침을 기다리기보다 차라리 지금부터 와다 고개를 앞서 넘어갔다는 다이조 선생과 조타로를 쫓아가자. 오늘 밤 안으로 와다 고개를 넘어가면 내일은 어딘가에서 그들을 만날 수 있을지도 몰라.'

그렇게 생각한 무사시는 바로 스와 역참을 떠나 오랜만에 밤길을 뚜벅뚜벅 걸으며 밤 여행의 정취를 만끽했다.

5

무사시는 혼자 밤길을 걷는 것을 좋아한다.

그것은 그의 고독한 천성에서 오는 것인지도 모른다. 자신의 발소리를 세고, 밤하늘의 소리에 귀를 기울이며 캄캄한 밤길을 묵묵히 걸어가고 있으면 모든 근심이 사라지고 편안해진다.

번잡한 사람들 속에 있으면 그의 영혼은 왠지 더 고독해졌다. 그러나 고즈넉한 밤길을 홀로 걸어갈 때면 반대로 그의 마음은 늘 활기에 찼다.

왜냐하면 밤길에서는 사람들 사이에서는 겉으로 드러나지 않는 다양한 실상이 떠오르기 때문이었다. 세상의 모든 것들을 냉정하게 생각할 수 있었고, 자신의 모습마저 자신으로부터 떨어져서 생판 다른 사람을 보듯이 냉정하게 볼 수 있었다.

"아, 불빛이 보인다."

그러나 가도 가도 끝없이 이어지는 어두운 밤길에서 문득 불빛 하나를 발견하자 무사시도 안도감을 느꼈다.

사람이 사는 곳의 불빛.

현실로 돌아온 그의 마음은 사람에 대한 그리움과 연민으로 떨릴 지경이었다. 이미 그 모순에 대해 스스로에게 물을 틈도 없이 그의 발길은 저절로 그 불빛을 향해 다가가고 있었다.

"모닥불을 피우고 있는 모양이니 말만 잘하면 밤이슬에 젖은 옷을 좀 말릴 수 있겠어. 아아, 배도 고프다. 식은 죽이라도 있으면 좋으련만……."

벌써 한밤중일 것이다.

스와를 나선 것이 초저녁이었는데, 오치아이 천落合川의 다리를 건넌 뒤로 줄곧 산길이었다. 고개를 하나 넘었지만 아직 눈앞에 와다 고개和田峠와 다이몬 고개大門峠가 밤하늘에 우뚝 서 있었다. 그 두 개의 산등성이가 서로 만나는 넓은 못 근처에서 불빛이 하나 아련하게 보였다.

가까이 가서 보니 역참의 주막이었다. 처마 끝에는 말고삐를 매어두는 나무말뚝이 네댓 개 박혀 있었고, 한밤중의 이런 험한 산중에 아직 손님이 있는지 봉당 안에서 타닥타닥 불꽃이 튀는 소리와 함께 사람들의 목소리가 들렸다.

"어떡하지?"

무사시는 당혹한 표정으로 처마 끝에 서서 망설이고 있었다.

차라리 농가나 나무꾼이 사는 오두막이라면 잠시 쉬었다 가겠다고 부탁하고 식은 죽이라도 얻어먹을 수 있겠지만, 길손을 상대로 장사하는 주막에서는 차 한 잔을 마시더라도 돈을 내야만 한다.

이미 그의 수중에는 땡전 한 푼도 없었다. 그러나 따뜻한 연기에 섞여 흘러나오는 음식 냄새는 그의 허기를 더욱 자극하여 도저히 이대로는 발길을 돌릴 수 없을 지경이었다.

"그래, 사정을 이야기하고, 이거라도 주고 한 끼 밥값을 대신해야겠다."

무사시는 등에 지고 있던 보따리 속에서 물건 하나를 꺼냈다.

"실례합니다."

무사시는 이처럼 많은 망설임과 고심 끝에 안으로 들어간 것이었지만, 주막 안에서 왁자지껄 떠들고 있던 사람들에게는 너무나 갑작스러운 모습인 듯했다.

"……?"

그들은 모두 깜짝 놀란 듯 입을 다물고 무사시를 의심스런 눈빛으로 응시했다.

봉당의 한가운데에 커다란 가마솥이 걸려 있었고, 노부시로 보이는 세 명의 손님이 흙발인 채 땅을 얼마간 파서 만든 화로를 둘러싸고 있었다. 냄비에는 멧돼지 고기와 무가 부글부글 끓고 있었는데, 세 사람은 그것을 안주 삼아 술통과 걸상에 앉아서 술병을 재 속에 박아놓고 술잔을 돌리고 있었다.

그리고 한 노인이 등을 보인 채 절임 같은 것을 자르면서 그 손님들과 재미있는 이야기라도 나누고 있었던 듯 보였다.

"뭐요?"

그들 중에서 눈매가 날카로운 사내가 노인을 대신해서 물었다.

6

멧돼지 국 냄새와 훈훈한 온기에 젖은 무사시는 이제 더는 허기를 참을 수 없었다.

함께 앉아 있던 사내가 뭐라고 말했지만 무사시는 대답도 하지 않고 안으로 들어가 비어 있는 탁자의 구석자리를 차지하고 말했다.

"주인장, 물에 만 밥이라도 좋으니 빨리 밥을 가져다주시오."

주인이 찬밥과 멧돼지 국을 가지고 왔다.

"밤을 새워서 고개를 넘으시려고요?"

"그렇소."

무사시는 벌써 젓가락을 들고 있었다. 그는 두 그릇째 국을 먹으면서 물었다.

"오늘 낮에 나라이의 다이조라는 사람이 소년 하나를 데리고 고개를 넘어가지 않았소?"

"글쎄요, 잘 모르겠습니다. 도지藤次 님이나 다른 분들 중에 그런 사람을 본 분 계십니까?"

화로에 걸려 있는 냄비 너머로 주인이 그렇게 묻자 고개를 맞대고 술을 마시며 속삭이고 있던 세 사람이 고개를 흔들며 통명스럽게 대답했다.

"몰라!"

배가 든든해진 무사시는 밥그릇에 뜨거운 물을 따라서 마신 후 몸이 따뜻해지자 밥값이 걱정되기 시작했다.

'처음부터 사정 이야기를 하고 양해를 구했으면 좋았을 텐데 다른 손님도 있고, 자비를 구걸할 생각도 없었기 때문에 먼저 배를 채우긴 했지만 만약 주인이 안 된다고 하면 어쩌지?'

그때는 칼의 장식이라도 떼어 주어야겠다고 생각하고 주인에게 말했다.

"주인장, 정말 미안하오만 실은 돈이 한 푼도 없소이다. 그렇다고 공짜를 바라는 것이 아니라 내가 가지고 있는 물건을 밥값 대신 주고 싶은데……."

그러자 주인은 의외로 흔쾌히 받아들였다.

“예, 괜찮습니다. 그런데 어떤 물건인지요?”

“관음상이오.”

“아니, 그렇게 귀한 것을?”

“뭐, 아무개의 작품이랄 것까진 아니고, 그냥 내가 오래된 매화나무로 만든 관음좌상이오. 물론 한 끼 밥값으로는 부족하겠지만 일단 한번 보시구려.”

무사시가 등에 지고 있던 보따리를 끄르려고 하는데, 화로 맞은편에 있던 세 명의 노부시들도 모두 무사시의 손에 시선을 고정시키고 있었다.

무사시는 보따리를 무릎 위에 올렸다. 그것은 안피나무로 종이를 꼬아서 만든 끈에 풀을 먹인 일종의 실을 주머니처럼 엮은 것이었는데, 무사 수련을 하는 자들은 모두 그런 주머니에 중요한 물건을 넣어 지고 다녔다. 그러나 무사시의 보따리 속에는 방금 그가 말한 나무 관음상과 한 장의 속옷, 그리고 허접한 문방구밖에 들어 있지 않았다.

무사시는 보따리의 한쪽 끝을 잡고 안에 있는 것을 쏟았다. 그러자 안에서 무언가 툭 하고 바닥으로 굴러 떨어졌다.

“앗?”

주인과 화로 맞은편에서 지켜보고 있던 세 사람의 입에서 나온 소리였다.

무사시는 자신의 발밑을 내려다본 채 그저 황당한 표정을 짓고 있을 뿐이었다.

돈 뭉치였다. 한 냥짜리 금화와 은, 금색의 돈이 발밑에 흩어져 있었다.

'이게 누구 돈이지?'

무사시는 도통 알 수가 없었다. 나머지 사람들도 그렇게 의심한 듯 침을 삼키며 바닥에 흐트러진 돈에 시선을 빼앗기고 있었다.

무사시가 다시 한 번 주머니를 흔들자 돈 위로 한 장의 편지가 툭 떨어졌다.

7

의아하게 생각하며 펼쳐 보니 이시모다 게키가 쓴 편지였다.

게다가 단 한 줄밖에 쓰여 있지 않았다.

얼마 안 되지만 여비에 보태십시오.

게키

하지만 적지 않은 돈이었다. 무사시는 그 한 줄이 무엇을 뜻하는지 알 것 같았다. 그것은 요컨대 다테 마사무네뿐만이 아니라 각지의 다이묘가 펼치고 있는 하나의 정책이었다.

유능한 인재를 늘 휘하에 두는 것은 어려운 일이다. 그러나 세상은 바야흐로 그런 인재를 원하고 있다. 세키가하라에서 낙오된 부랑자들이 길거리에 흘러넘치고 그들 대다수가 직업을 얻으려고 혈안이 되어 있었지만, 쓸 만한 인재는 극히 드물었다. 혹시라도 그런 인재를 발견하면 몇 백 석, 몇 천 석의 높은 녹봉을 주겠다며 바로 입질이 들어갔다.

막상 전쟁이라도 터지면 몰려드는 잡병들은 얼마든지 있었지만, 유능한 인재라 할 수 있는 인물들은 찾아도 쉽게 오지 않기 때문에 지금 각 번에서 혈안이 되어 찾고 있는 것이다. 그리고 이 사람이다 싶은 인물에겐 어떤 방법을 써서라도 반드시 도움을 주거나 묵계默契를 맺어둔다.

그 좋은 예가 오사카 성의 히데요리가 고토 마타베에後藤又兵衛의 뒤를 봐주고 있는 것인데 이는 세상 사람들이 다 아는 사실이었다. 오사카 성(도요토미 쪽)에서 구도 산九度山에 은거하고 있는 사나다 유키무라真田幸村에게 해마다 얼마나 많은 금과 은을 보내고 있는지는 간토関東의 이에야스도 이미 조사해 놓았을 것이다.

은거하고 있는 외로운 낭인에게 그렇게 많은 생활비가 필요할 리는 없다. 그러나 그 돈은 유키무라의 손에서 다시 수천 명의 가난한 낭인들에게 생활비로 전해지고 있었다. 그것은 바로 전쟁이 일어날 때까지 수많은 사람들이 마을에 숨어서 몸을 만들며 지낸다는 것을 의미하는 것이기도 했다.

이치조 사 사가리마쓰에서의 소문을 듣고 뒤를 쫓아온 다테가의 가신이 무사시에게 손을 내민 것도 어쩌면 당연한 일이었다. 이 돈을 그 증거로 봐도 틀림이 없을 것이다.

무사시는 난처했다. 돈을 쓴다면 은혜를 입게 된다.

'그래, 돈을 봤으니 망설이게 된 거야. 없으면 없는 대로 끝날 일인데…….'

무사시는 그렇게 생각하고 발밑에 떨어져 있는 돈을 주워서 다시 보따리에 넣고 말했다.

"주인장, 이걸 밥값으로 받아주시오."

무사시가 자신이 깎은 관세음상을 내밀자 주인은 몹시 불쾌한 표정으로 말했다.

"그럴 수는 없습니다. 거절하겠습니다."

무사시가 까닭을 물었다.

"방금 돈이 한 푼도 없다기에 관음상도 좋다고 했지만, 이제 보니 돈이 없기는커녕 너무 많아서 주체하지 못할 지경이 아닙니까? 그리 고상한 척하지 말고 어서 밥값을 내십시오."

아까부터 술이 다 깬 얼굴로 침을 삼키며 지켜보던 세 명의 노부시들도 주인의 항변이 옳다는 듯 고개를 끄덕이고 있었다.

8

이런 경우에는 자신의 돈이 아니라고 하는 것도 참으로 어리석은 짓이었다.

"흠, 그럼 할 수 없지."

무사시는 어쩔 수 없이 은편銀片 하나를 꺼내 주인의 손에 건넸다.

"거슬러 드릴 돈이 없으니 잔돈으로 주십시오."

무사시는 다시 보따리를 뒤져보았지만 그것이 가장 적은 돈이었다.

"거스름돈은 필요 없으니 찻값으로 받아두시오."

"아이고, 고맙습니다."

주인은 갑자기 딴 사람이 되었다.

이미 손을 댄 돈이라 무사시는 그것을 복대에 넣고, 관음상을 다시 보따리에 넣은 다음 등에 짊어졌다.

"불이라도 더 쬐다 가시지요?"

주인이 장작을 화로에 더 넣으며 말했지만 무사시는 그대로 문밖으로 나섰다.

밤은 아직 깊었다. 그러나 뱃속은 든든했다. 날이 밝기 전에 이곳 와다 고개에서 다이몬 고개까지 주파할 생각이었다. 낮이라면 이 부근의 고원에선 석남화와 용담, 왜솜다리 따위를 많이 볼 수 있을 텐데 밤에는 그저 뿌연 안개만이 땅을 덮고 있었다.

오히려 하늘이야말로 별의 꽃밭으로 보였다.

"여보시오."

주막에서 대략 20정쯤 왔을 때였다.

"거기, 무사 양반, 뭐 잊은 거 없으시오?"

방금 전 주막에서 본 노부시 중 한 명이었다.

그는 무사시에게 달려오더니 이렇게 말했다.

"걸음이 빠르시군. 당신이 나가고 나서 잠시 뒤에 알았는데, 이 돈, 당신 것 아닌가요?"

그는 손바닥에 놓인 은편 하나를 보여주며 그것을 돌려주기 위해 여기까지 쫓아왔다고 했다.

"아니, 그건 내 돈이 아니오."

무사시가 그렇게 말했지만 사내는 고개를 저으면서 무사시가 돈뭉치를 떨어뜨렸을 때 봉당의 한쪽 구석으로 굴러간 것이 분명하다며 돌려주려고 했다.

돈이 얼마나 있는지 알 수 없었던 무사시는 그 말을 듣고 보니 그럴지도 모른다고 생각할 수밖에 없었다.

그래서 고맙다는 인사를 하고 은편을 소매에 넣었는데, 왠지 사내의 정직한 행위가 자신에게는 조금도 감동을 주지 못한다는 것을 깨달았다.

"실례지만 당신은 검술을 누구에게 배우셨소?"

볼일이 끝났는데도 사내는 쓸데없는 말을 하며 무사시를 따라왔다. 그것도 이상했다.

"혼자 배웠소."

무사시는 불퉁한 말로 대답했다.

"나도 지금은 산에 틀어박혀서 이런 일로 먹고살고 있지만, 예전에는 무사였소."

"흐음."

"아까 그 주막에 있던 사람들도 모두 똑같소. 이무기도 때를 만나지 못하면 연못 속에서 허송세월을 하듯이 다들 이 산에서 나무꾼이 되거나 약초를 캐면서 생계를 이어가고 있지만, 때가 되면 칼을 차고 허름한 갑옷이라도 두르고 명망 있는 다이묘의 진영에 들어가 평소의 실력을 발휘할 생각이오."

"허면 오사카(도요토미) 편입니까, 간토(도쿠가와) 편입니까?"

"어느 쪽이든 상관없소. 중요한 건 어느 쪽이 유리한지 잘 판단하지 않으면 인생을 망치고 만다는 거요."

"하하하, 하긴 그렇군요."

무사시는 그를 상대하지 않으려 했다. 되도록 큰 걸음으로 성큼성큼 걸어가려고 애써보았지만, 그도 무사시를 따라 큰 걸음으로 쫓아오는 바람에 아무 소용이 없었다.

그리고 무엇보다도 신경이 쓰이는 것은 그가 자신의 왼쪽으로만 붙어서 따라온다는 것이었다. 그것은 생각이 있는 사람이라면 가장 꺼려하는 위치였다. 상대가 오른손으로 칼을 빼드는 순간 바로 공격을 당할 수 있기 때문이다.

9

그러나 무사시는 일부러 사내에게 왼쪽을 내주었다.

"어떠시오? 괜찮다면 오늘 밤은 저희 집에서 묵고 가시지 않겠소? ……이 와다 고개 너머에는 다이몬 고개가 또 있소. 새벽녘까지 두 고개를 넘는 건 길이 낯선 사람에게는 무리요. 이제부터는 길도 더 험해질 테고."

"감사합니다. 그럼 말씀대로 하룻밤 신세를 좀 지겠습니다."

"잘 생각하셨소, 잘 생각했어. 그런데 대접할 건 아무것도 없소이다."

"그저 잠만 잘 수 있으면 그걸로 족합니다. 그런데 댁은 어딥니까?"

"이 계곡 길에서 왼쪽으로 5, 6정쯤 올라가면 됩니다."

"정말 깊은 산중에 사시는군요."

"아까 말한 것처럼 때가 될 때까지 은둔하면서 약초나 캐고 사냥이나 하며 주막에서 본 그들과 셋이 함께 살고 있소이다."

"그러고 보니 두 분은 어디 계시는지요?"

"아직도 주막에서 술을 마시고 있을 게요. 늘 거기서 술을 마시고 취하면 내가 오두막까지 업고 가는데, 오늘 밤엔 그것도 귀찮아서 그냥 와버렸소. 참, 무사 양반, 거기 있는 절벽을 내려가면 바로 계곡인데 위험하니 조심하시오."

"저쪽으로 건너갑니까?"

"음…… 그 계곡의 좁은 곳에 있는 통나무 다리를 건너서 계곡을 따라 왼쪽으로 올라가면……."

사내는 낮은 절벽을 내려오다 말고 도중에 멈춰 섰다. 무사시는 뒤를 돌아보려고도 하지 않고 통나무 다리를 건너기 시작했다.

절벽 중간에서 훌쩍 뛰어내린 사내는 느닷없이 무사시가 건너고 있는 통나무 다리의 끝을 잡고 무사시를 계곡물 속에 떨어뜨리려고 들어 올리려다가 계곡에서 들려온 목소리에 깜짝 놀라며 고개를 들었다.

"무슨 짓이냐?"

무사시는 다리를 박차고 뛰어올라 물보라가 치는 계곡 한가운데의 바위 위에 할미새처럼 내려앉아 있었다.

"앗!"

사내가 내동댕이친 통나무 다리의 끝이 하얀 포말을 일으키며 계곡물에 처박혔다. 그리고 그 물방울 우산이 땅바닥에 떨어지기도 전에 계곡 한가운데의 무사시가 훌쩍 뛰어오르더니 칼을 뽑는 손조차 보이지 않을 정도로 순식간에 교활한 술수로 자신을 죽이려 한 그 비겁자를 베어버렸다.

무사시는 이런 경우에 베어버린 시체에는 눈길조차 주지 않는다. 시체가 아직 꿈틀거리고 있는 사이에 무사시의 검은 이미 다음 상대에 대비한다. 무사시는 독수리의 깃털처럼 머리카락이 곤두선 채 사방이 온통 적이라도 되는 듯 주위를 경계하고 있었다.

"……."

아니나 다를까, 그때 계곡 맞은편에서 갑자기 탕 하고 골짜기를 뒤흔드는 소리가 울렸다. 총소리였다. 총알은 곧장 무사시가 있던 자리를 지나 뒤쪽 절벽의 흙 속에 박혔다.

총알이 흙 속에 박힌 직후 무사시도 같은 자리에 엎드렸다. 그리고 맞은편 못을 살펴보니 반딧불 같은 빨간 불빛이 반짝거렸다.

이윽고 두 사람의 그림자가 조심조심 물가로 기어 올라왔다. 방금 전에 황천길에 오른 사내가 주막에서 술을 마시고 있다고 거짓말한 나머지 두 명이 미리 그들을 앞질러가서 매복해 있다가 총을 쏜 것이었다.

무사시는 그 역시 이미 예상하고 있었다. 사냥꾼이니 약초를 캔다느니 하는 말은 당연히 거짓말이었고, 그들이 이 산에서 강도짓을 해서 먹고사는 산적들이라는 것은 의심할 여지도 없었다.

그러나 아까 죽은 사내가 때가 되기를 기다린다고 한 말만은 진심일 것이다. 어떤 도둑이든 자신의 자손까지 도둑으로 살기를 바라는 자는 한 명도 없을 것이다. 난세를 살아가는 일시적인 방편으로 산적이나 도적이 급격하게 불어나고 있었다. 그리고 언젠가 전쟁이 벌어지면 그들이 모두 일제히 무기와 갑옷을 갖추고 군대에 들어가 진정한 인간으로 다시 태어나는 것이다.

다만 애석하게도 이들은 눈 내리는 날 손님을 위해 모란 장작을 태우면서 때를 기다리는 그러한 기다림의 참된 의미를 모르는 불쌍하기 그지없는 패거리들에 지나지 않았다.

함정

1

한 사람은 노끈을 입에 물고 두 번째 총알을 재고 있는 듯했고, 다른 한 사람은 몸을 구부리고 무사시 쪽을 살피고 있었다. 맞은편 절벽 아래에 무사시가 쓰러져 있었지만 그들은 신중을 기했다.

"맞았을까?"

총포를 고쳐 잡은 사내가 고개를 끄덕이며 말했다.

"틀림없어. 느낌이 왔어."

그제야 안심한 듯 두 사람은 통나무 다리에 의지해 무사시 쪽으로 건너오려고 했다. 총포를 든 자가 통나무 다리의 중간쯤까지 다가오자 무사시가 벌떡 일어섰다.

"앗!"

물론 방아쇠에 건 손가락은 정확도를 잃었다. 탕 하는 소리가 메아리치더니 총알은 허공으로 날아갔다. 두 사람은 허겁지겁 돌아서서 계곡을 따라 도망치기 시작했다. 무사시가 뒤쫓아 오자 부아가 치밀었는지 총포를 들지 않은 자가 신경질적으로 소리치며 멈춰 섰다.

“야, 상대가 겨우 한 놈인데 도망치는 게 말이 돼? 이 도지 혼자서도 충분하지만 돌아서서 합세해.”

스스로 도지라고 이름을 밝히고 체격으로 봐도 그자가 산채에 사는 산적의 우두머리인 듯했다.

그의 부하인지는 모르겠지만 그의 말에 돌아선 또 다른 자는 화승을 내팽개치더니 총포를 거꾸로 들고 무사시에게 달려들었다.

무사시는 그들이 처음부터 노부시는 아니었다는 것을 깨달았다. 특히 칼을 휘두르며 달려든 자는 정식 훈련을 받은 듯한 실력이었다.

하지만 두 사람은 무사시의 일격에 나가떨어지고 말았다. 총을 든 사내는 어깨에서부터 깊숙이 베여서 계곡 가장자리에 몸을 반쯤 걸친 채 축 늘어져버렸고, 도지라는 우두머리는 손목의 상처를 누르면서 황급히 골짜기 위로 달아나고 있었다.

주르륵, 흙이 굴러 떨어지는 쪽으로 무사시도 지체 없이 쫓아갔다.

이곳은 와다와 다이몬 고개의 경계로 너도밤나무가 많아서

너도밤나무 골짜기라고 불렀다. 골짜기를 올라가자 너도밤나무 숲에 둘러싸인 집이 보였다. 그 집 역시 너도밤나무를 자른 통나무로 지은 큰 오두막이었다.

그곳에서 불빛이 반짝이는 것이 보였다.

집 안에도 등불이 켜져 있었지만 무사시가 본 것은 그 집 처마 끝에 누가 등불을 들고 서 있는 듯한 모습이었다.

산적의 우두머리는 헐레벌떡 그곳을 향해 도망치면서 소리를 질렀다.

"불 꺼!"

그러자 문밖에 서 있던 사람이 소매로 등잔불을 가리며 물었다.

"무슨 일이에요?"

여자의 목소리였다.

"어머, 이 피 좀 봐. 칼에 베인 거예요? 방금 전에 골짜기에서 총소리가 울려서 혹시나 했는데……."

사내는 뒤에서 쫓아오는 발소리 쪽을 돌아보며 소리쳤다.

"어서 빨리 불을 꺼. 집 안의 불도."

그가 봉당 안으로 뛰어 들어가자 여자도 불을 훅 불어 끄고 황급히 모습을 감추었다. 이윽고 무사시가 오두막 앞에 이르렀을 때는 집 안에서 불빛도 새어나오지 않았고, 손으로 문을 밀어보아도 굳게 닫혀 있었다.

2

무사시는 화가 나 있었다.

하지만 그가 화가 난 것은 비열하다거나 속임수를 썼다는 사실 때문이 아니었다. 벌레만도 못한 도적들을 그대로 두어서는 안 된다는 이른바 공분이었다.

"열어!"

무사시가 소리쳤지만 당연히 열릴 리가 없었다.

발로 차면 금방이라도 부서져버릴 것 같은 덧문이었지만 만일의 경우를 생각해서 문에서 넉 자 정도 떨어져 있었다. 손으로 두드리거나 덜컹덜컹 시험 삼아 흔들어보는 무모한 행동은 무사시가 아니더라도 생각이 조금만 있는 사람이라면 하지 않을 것이다.

"열지 않을 테냐!"

안쪽에서는 여전히 아무 기척이 없었다. 무사시는 들 수 있을 만한 바위를 찾아 두 손으로 들고 문을 향해 힘껏 던졌다.

문짝의 이음새를 겨누어 던졌기 때문에 두 문짝이 안으로 쓰러졌다. 그 아래에서 갑자기 칼이 날아오더니 뒤이어 한 사내가 일어나 집 안으로 도망쳐 들어갔다.

무사시는 달려들어 그의 목덜미를 낚아챘다.

"악, 용서해주십시오."

나쁜 놈들이 나쁜 짓을 하다 실패하면 흔히 하는 말이다. 입으로는 용서해달라고 하면서도 납작 엎드려 사죄하는 것이 아니라 끊임없이 허점을 노리며 무사시에게 달려드는 것이었다. 무사시도 처음부터 느꼈던 대로 산적의 두목답게 그의 반격은 꽤나 날카로운 면이 있었다. 그러한 그의 저항을 가차 없이 제압하고 무사시가 용서할 기색도 없이 팔을 비틀어 엎어누르려고 하자, 갑자기 사내가 타고난 폭력성을 드러내며 단도를 뽑아들고 무사시에게 달려들었다.

무사시가 몸을 뒤로 피하면서 그를 옆방으로 집어던졌다. 그의 손이나 발이 화로 위에 매단 냄비에 부딪혔는지 썩은 대나무가 부러지는 소리가 나면서 마치 화산이 폭발하듯 화로에서 하얀 재가 뿜어져 올랐다.

재가 뿌옇게 날리는 방 안에서 무사시가 가까이 오지 못하게 솥뚜껑과 장작, 부젓가락, 토기 따위가 닥치는 대로 날아왔다.

어느 정도 재가 가라앉은 후에 가만히 살펴보니 그것들을 던지는 사람은 산적의 두목이 아니었다. 그는 이미 어딘가에 강하게 부딪혔는지 기둥 아래에 길게 뻗어 있었다.

그런데도 여전히 욕지거리를 퍼부으며 손에 잡히는 대로 필사적으로 물건을 집어던지는 사람이 있었다. 산적의 아내로 보이는 여자였다.

무사시는 그 여자를 바로 제압했다. 그녀는 무사시에게 깔려서도 비녀를 뽑아들고 욕을 하며 무사시를 찌르려고 했지만, 그 손이 무사시의 발에 밟히자 여자는 이를 갈면서 정신을 잃은 남편을 향해 원통한 듯 소리쳤다.

"당신, 대체 어떻게 된 거예요? 이런 애송이한테!"

"어?"

그때 무사시는 자기도 모르게 뒤로 물러났다. 여자는 남자보다 더 용감했다. 그녀는 무사시에게서 떨어진 순간 벌떡 일어나더니 남편이 떨어뜨린 단검을 주워들고 다시 무사시를 향해 덤벼들었다.

"아, 아주머니!"

무사시가 생각지도 못한 말로 자신을 부르자 그녀도 깜짝 놀란 듯했다.

"엉?"

여자는 숨을 삼키고 헐떡이면서 무사시의 얼굴을 뚫어지게 쳐다보았다.

"앗, 당신은? ……. 어머, 다케조 님 아닌가요?"

3

아직까지도 자신을 어렸을 때 이름인 다케조라고 부르는 사람은 혼이덴 마타하치의 어머니인 오스기 외에 또 누가 있을까?

무사시는 의아해하면서 자신의 이름을 허물없이 부르는 도적의 아내를 빤히 쳐다보았다.

"어머, 다케조 님, 훌륭한 무사님이 되셨구려."

여자는 사뭇 반갑다는 듯 말했다. 그녀는 이부키 산伊吹山의 뜸쑥집, 나중에는 딸인 아케미를 데리고 교토에서 술집을 했던 오코お甲였다.

"어떻게 이런 곳에 계시는 거요?"

"얘기하자니 부끄럽지만……."

"그럼 저기 쓰러져 있는 사람이 아주머니의 남편입니까?"

"당신도 알 거예요. 요시오카 도장에 있던 기온 도지祇園藤次라고요."

"그럼, 요시오카 일문의 기온 도지가……."

무사시는 아연실색하며 아무 말도 하지 못했다.

요시오카 일문이 기울기 전에 도지는 도장을 수리하기 위해 모은 돈을 들고 오코와 야반도주를 했고, 그를 두고 무사의 수치이자 비열한 자라는 소문이 당시 교토에 파다하게 퍼졌다.

무사시도 그 소문을 들어 알고 있었다. 그런 도지가 지금 이런 꼴을 하고 있는 것을 보자 비록 남의 일이지만 서글픔이 밀려왔다.

"아주머니, 빨리 손을 쓰는 게 좋을 거요. 아주머니의 남편인 줄 알았다면 저리 심하게 다루지는 않았을 텐데."

"쥐구멍이라도 있으면 들어가고 싶은 심정이네요."

오코는 도지의 곁으로 가서 물을 먹이고 상처를 묶은 후에 반쯤 얼이 빠진 표정으로 무사시와의 인연을 도지에게 이야기했다.

"뭐야?"

도지는 깜짝 놀란 눈으로 무사시를 바라보며 말했다.

"그럼, 당신이 바로 그 미야모토 무사시란 말이오? 이거 정말 면목이 없소."

그도 부끄러움을 아는지 머리를 감싼 채 사죄하듯 한동안 고개를 들 낯이 없는 모습이었다. 무문武門에서 도망쳐 나와 산적이 되어 살아가는 그의 쇠락한 인생을 생각하니 측은한 마음이 들기도 했다.

무사시의 마음속에는 이미 증오라는 감정은 사라지고 없었다. 그들 부부는 귀빈이라도 맞은 듯 분주하게 방을 청소하고 화로를 정돈하고 새 장작을 지피기 시작했다.

"대접할 게 아무것도 없지만……."

그들이 술상을 차리려고 하자 무사시가 말했다.

"이미 주막에서 요기를 했으니 신경 쓰지 마시오."

"그래도 오랜만에 이렇게 만났는데 제 마음이라 생각하고 잡숴주세요."

오코는 화로 위에 냄비를 걸고 술을 권했다.

"이부키 산에서 있었던 일이 생각나는군요."

밖에서는 바람이 세차게 불고 있었다. 문을 닫아놓았는데도 화로의 불길은 검은 천장을 향해 활활 타올랐다.

"이제 말씀해주시려나. ……그보다도 아케미는 그 후에 어떻게 되었나요? 혹시 무슨 소식을 듣지 못하셨어요?"

"에이 산에서 오츠로 나가는 길에 있는 주막에서 며칠 동안 앓아누웠다는데, 일행인 마타하치의 소지품을 훔쳐서 달아났다는 말을 듣기는 했소."

"그럼, 그 아이도……."

오코는 아케미도 자신과 같은 처지가 된 것이라 여겼는지 어두운 표정으로 고개를 숙였다.

4

오코뿐만이 아니었다. 기온 도지도 깊이 뉘우치는 표정으로 오늘 밤의 일은 정말 우발적으로 저지른 잘못이었다며 훗날 다시 세상에 나갈 때는 반드시 예전의 기온 도지가 되어 사죄할 테니 부디 오늘 밤의 일은 너그럽게 용서해달라고 했다.

산적이 다 된 그가 예전의 기온 도지로 돌아간다 한들 크게 달라질 것 같지는 않았지만, 그래도 나그네들은 그만큼 안전해질 것 같긴 했다.

"아주머니도 이젠 이런 위험한 생활은 그만두는 게 낫지 않겠어요?"

권하는 술을 끝내 마다하지 못한 무사시가 다소 취한 듯 이렇게 말하자 오코 역시 술에 취한 듯 말했다.

"난들 어디 좋아서 이러고 있는 줄 알아요? 교토를 떠나 에도로 먹고살기 위해 가는 도중에 이 사람이 스와에서 도박에 손을 대는 바람에 가지고 있는 것 몽땅 다 잃고 어쩔 수 없이 옛날처럼 약쑥 캐는 일이라도 해야겠다고 생각하고 여기서 약초를 캐서 마을에 내다팔며 먹고살게 된 거예요. ……오늘 밤의 일이 좋은 경험이 되었으니 다시는 그런 나쁜 마음은 먹지 않도록 하겠어요."

이 여자는 술에 취하자 여전히 예전의 색정적인 모습이 나왔다.

몇 살일까? 그녀는 나이와는 무관한 듯했다. 고양이는 집에서 기르면 주인에게 교태를 부리지만, 산에 풀어놓으면 야밤에도 형형한 눈빛으로 돌아다니며 행려병자의 살아 있는 고기를 노리기도 하고, 노변에서 관을 옮기는 걸 보면 달려들기도 한다. 오코는 그런 고양이의 습성을 닮은 듯했다.

오코가 도지를 보며 말했다.

"다케조 님의 말을 들으니 아케미도 에도로 간 모양이에요. 우리도 사람들과 어울려가며 좀 사람답게 살아봐요. 아케미를 찾기만 하면 다시 무슨 장사를 하든 살아갈 방도가 생길 것도 같은데……."

"그래, 그러지 뭐."

도지는 무릎을 끌어안고 건성으로 대답했다.

이 사내 역시 오코와 살면서 앞서 버림을 받았던 마타하치와 똑같이 후회를 하고 있을지도 모른다.

무사시는 도지가 불쌍해 보였다. 그리고 마타하치를 불쌍히 여기며, 언젠가 자신도 그녀에게 유혹당한 일을 떠올리고는 오싹 소름이 돋았다.

"저 소리가 빗소리인가요?"

무사시가 검은 천장을 올려다보며 묻자 오코는 술에 취한 눈을 흘기며 대답했다.

"아니에요. 바람이 세서 나뭇잎이랑 부러진 가지가 지붕 위로 떨어지는 소리예요. 산속에서는 밤이 되면 뭐라도 떨어지지 않을 때가 없어요. 달이 뜨고 별이 보여도 나뭇잎이 떨어지거나 흙이 바람에 날려 부딪치거나 아니면 안개가 내리거나 폭포수가 물보라를 날리죠."

"어이."

도지가 얼굴을 들고 말했다.

"곧 날이 샐 모양인데 피곤하실 테니 자리를 펴고 그만 주무시도록 하는 게 낫지 않겠나?"

"그럴까요? 다케조 님, 어두우니 발 밑을 조심하며 이쪽으로 오세요."

"그럼, 아침까지 신세 좀 지겠소."

무사시는 일어나서 오코의 뒤에서 어두운 마루를 따라갔다.

5

오코가 무사시를 데리고 간 판자로 된 오두막은 골짜기의 절벽 위에 설치된 통나무가 떠받치고 있었다. 밤이라 분명치 않았지만 바닥은 천 길 아래 낭떠러지인 듯했다.

안개가 깔리기 시작했다. 폭포수가 날아왔다. 쿠우웅 하고 폭포수가 떨어질 때마다 오두막이 배처럼 일렁였다.

오코는 옷자락을 걷고 하얀 발로 조심조심 화로가 있는 방으로 돌아왔다. 화롯불을 바라보며 생각에 잠겨 있던 도지가 날카로운 눈으로 오코를 보며 물었다.

"잠들었나?"

"잠든 것 같아요."

오코는 도지 옆에 무릎을 세우고 앉으며 도지의 귀에 대고 말했다.

"어떻게 할 거예요?"

"불러와."

"하게요?"

"물론이지. 욕심 때문만은 아니야. 저놈을 죽이면 요시오카 일문의 원수를 갚는 것이기도 하니까."

"그럼, 다녀올게요."

어디로 가는지 오코는 옷자락을 걷어 올리고 문밖으로 나갔다. 깊은 밤, 깊은 산속, 캄캄한 바람 속을 달려가는 흰 발목과 뒤로 흩날리는 머리카락이 흡사 고양이 같았다.

깊은 산속이라고 새나 짐승만 산다고는 할 수 없다. 그녀가 달려간 봉우리와 못, 산밭의 여기저기에서 모여든 사람들은 스무 명이 넘었다.

게다가 그들의 행동에는 훈련을 받은 티가 역력했다. 그들은 땅을 스치며 날아가는 나뭇잎보다 조용하게 도지의 오두막 앞으로 모여들었다.

"혼자야?"

"무사?"

"돈은 갖고 있겠지?"

그들은 서로 은밀히 속삭이며 손짓과 눈짓으로 평소 자신들이 맡고 있는 위치로 흩어졌다. 멧돼지 사냥용 창과 총포, 장검을 든 일부가 무사시가 자고 있는 오두막 밖에 숨었고, 나머지 절반가량은 오두막 옆으로 절벽을 내려갔다. 그리고 그들 중에 두세 명은 따로 절벽 중간에서 다시 기어 올라와 무사시가 자고 있는 오두막 아래로 숨어들었다.

준비는 끝났다. 골짜기에 걸쳐 있는 오두막은 다시 말해서 그들의 함정이었다. 오두막에는 멍석을 깔고 말린 약초와 도구 따위를 잔뜩 늘어놓았지만, 그것들은 이곳에 들어오는 사람을 안심시키기 위한 수단에 불과했고 애초에 그들의 직업도 약초꾼이 아니었다.

무사시도 그곳에 눕자 기분 좋은 약초 냄새에 졸음을 느끼며 손가락 끝에서 발가락 끝까지 피곤한 몸을 쉬고 싶었지만, 산에서 태어나고 산에서 자란 그에게는 골짜기에 걸쳐서 지은 이 오두막이 도무지 납득이 가지 않았다.

무사시가 태어난 미마사카의 산에도 약초를 캐는 오두막이 있었는데, 약초는 모두 습기를 피해야 한다. 또 이렇게 잡목가지를 수북이 깔고 게다가 폭포수가 튀는 곳에서는 약초를 말리지 않는다.

머리맡에 놓인 약연대藥研台 위에 녹슨 등잔이 있다. 그 심지가 가늘게 떨리는 것도 이해가 가지 않는 부분이다. 나무로 이어붙인 네 귀퉁이의 이음매를 꺾쇠로 연결했는데, 그 꺾쇠의 구멍이 유난히 헐거워 보였다. 그리고 이음매와 나무껍질의 새것인 듯한 부분이 한두 치씩 어긋나 있었다.

"흐음."

무사시는 쓴웃음을 지었다. 그러나 촉촉이 내리는 안개 소리에 에워싸이듯 수상한 기척을 느끼며 여전히 그는 목침을 베고 누워 있었다.

6

"……다케조 님. ……주무십니까? 벌써 주무시는 게요?"

장지문 밖으로 소리 없이 다가온 오코가 속삭이듯 물었다.

오코는 무사시의 숨소리에 귀를 기울이면서 슬그머니 문을 열고 무사시의 머리맡까지 다가왔다.

"여기 자리끼를 가져왔어요."

그녀는 일부러 잠자는 얼굴에 대고 그렇게 말하고 쟁반을 놓고 조용히 문밖으로 나왔다.

불을 끄고 방에서 기다리고 있던 도지가 나직이 물었다.

"확인했어?"

"완전히 잠에 곯아떨어졌어요."

도지는 됐다는 표정으로 뒤편으로 나가 골짜기의 어둠 속을 내려다보며 들고 있는 노끈에 불을 붙여 흔들었다.

그것이 신호였다.

그와 동시에 무사시가 자고 있는 오두막을 절벽 중간에서 떠받치고 있던 기둥이 떨어져나가며 쿵쿵 무시무시한 소리를 내면서 통나무건 판자건 산산이 흩어져서 천 길 절벽 아래로 굴러 떨어졌다.

"지금이다!"

숨을 죽이고 기다리고 있던 자들이 함성을 지르면서 일제히 골짜기 아래로 미끄러져 내려갔다.

그들은 강한 상대를 만나면 늘 이처럼 오두막을 통째로 떨어뜨린 후에 자신들이 원하는 물건을 시체에서 손쉽게 훔쳐냈다. 그리고 다시 다음 날이면 절벽 위에 새로 오두막을 지었다.

절벽 아래에도 한 무리의 도적들이 미리 내려가서 기다리고 있었다. 오두막의 판자며 기둥 따위가 산산이 흩어져서 떨어지자 그들은 뼈다귀를 보고 달려드는 개처럼 그곳으로 몰려들어서 무사시의 시체를 찾기 시작했다.

"어떻게 됐어?"

위에서 내려온 자들이 물었다.

"있어?"

대답이 없자 그들도 함께 찾기 시작했다.

"안 보이는데."

누군가가 말했다.

"뭐가?"

"시체가 안 보여."

"바보 같은 소리 하지 마!"

그러나 잠시 후에 똑같은 소리가 들렸다.

"없어, 정말로!"

누구보다도 혈안이 되어 찾던 도지가 소리를 질렀다.

"그럴 리가 없다! 떨어지면서 바위에 부딪혀 튕겨 나갔을지도 몰라. 그쪽도 좀 찾아봐!"

그 말이 채 끝나기도 전에 그가 둘러보고 있는 골짜기의 바위와 물과 옆으로 누운 풀들이 빨갛게 물들기 시작했다.

"앗!"

"어?"

도적들이 일제히 턱을 들고 절벽 위를 올려다보았다. 높이가 대략 70척은 되어 보이는 절벽 위에 있던 도지의 오두막에서 시뻘건 불길이 치솟고 있었다.

"여기요, 여기! 누가 좀 와줘!"

혼자 미친 듯이 비명을 지르고 있는 것은 분명 오코였다.

"큰일 났다! 빨리 가 봐!"

도적들은 절벽을 기어오르고 덩굴에 매달려서 절벽 위로 올라갔다. 절벽 위의 오두막은 불꽃과 산바람에는 좋은 먹잇감이었다. 오코는 불똥을 맞으면서 근처의 나무둥치에 두 손이 묶여 있었다.

도대체 언제 어떻게 빠져나갔을까? 그들은 무사시가 도망쳤다는 사실을 도저히 믿을 수 없었다.

"쫓아라! 우리 인원이면 충분하다!"

도지는 그렇게 소리치고 싶었지만 차마 용기가 나지 않았다. 그러나 무사시에 대해 아무것도 모르는 다른 자들은 그대로 가만히 있을 리가 없었다. 그들은 무사시의 뒤를 쫓아 쏜살같이 달려 나갔다.

그러나 무사시의 모습은 어디에도 보이지 않았다. 길이 없는 샛길로 빠져나갔는지, 아니면 이번에는 나무 위에서 정말로 숙면이라도 취하고 있는지, 그들이 우왕좌왕하고 있는 사이에 불에 타고 있는 오두막 위로 날이 훤히 밝아오기 시작했다.

에도로 가는 기녀들

1

고슈 가도에는 아직 큰길에 걸맞은 가로수도 정비되어 있지 않았고, 역참 제도도 제대로 갖춰지지 않은 상태였다.

그리 먼 옛날이라고는 할 수 없는 에이로쿠永禄, 겐키元龜, 덴쇼天正 시대를 거치며 다케다와 우에스기, 호조 등의 교전지였던 군용 도로를 후세 사람들이 그대로 사용하고 있었기 때문에 이면 도로도 정식 도로도 없었다.

가미가타上方(에도 시대에 오사카와 교토를 비롯해서 교토 근방의 다섯 개 지역을 합쳐서 부른 말) 쪽에서 온 사람들이 제일 난감해하는 것은 객사의 불편함이었다. 일례로 아침 일찍 출발할 때 도시락 하나를 주문해도 나뭇잎에 떡을 싸주거나 밥을 떡갈나무의 마른 잎으로 둘둘 말아서 내주는 후지와라藤原 시대의 원시적인 방법을 지금도 그대로 답습하고 있었던 것이다.

그런데 근래 들어 사사고笹子, 하쓰가리初狩, 이와도노岩殿 같은 벽촌에 있는 여인숙에도 손님들로 북적이는 것을 보니 예삿일이 아닌 듯했다. 그들 대부분은 교토로 가는 사람들보다는 교토에서 내려오는 손님들이었다.

"이야, 오늘도 지나가는구나."

고보토케小佛 위에서 쉬고 있던 행인들이 자기들 뒤에서 올라오는 한 무리의 사람들을 구경거리라도 되는 양 길가에서 맞이하고 있었다.

이윽고 시끌벅적하게 올라온 사람들을 보니 과연 한두 명이 아니었다.

젊은 기녀들만 해도 대략 서른 명 정도는 될 것이다. 아이 돌보미로 보이는 단발머리가 다섯 명, 중년의 여자들과 노인, 남자들을 합하면 총 마흔 명 이상은 되어 보이는 대가족이다. 말 위에 짐 상자며 옷 궤짝 등을 실은 이 대가족의 주인으로 보이는 마흔 살 가량의 사내가 외쳤다.

"짚신 때문에 물집이 생겼으면 짚신을 바꿔 신고 끈으로 잘 묶고 나서 걸어. 뭐? 더는 못 걷겠다니 그게 무슨 소리야! 아이들을 봐라, 아이들을."

그는 앉아서 생활하는 것이 몸에 밴 기녀들을 걷게 하느라 입이 닳도록 소리를 쳤다.

오늘도 지나간다는 말이 길가에서 들릴 정도로 교토 부근의 기녀들은 사흘이 멀다 하고 이곳을 지나갔다. 물론 그들이 가는 곳은 새롭게 개발되고 있는 에도였다.

신임 쇼군将軍(세이이타이쇼군征夷大將軍을 말하며 무신 정권 시대 막부의 최고 권력자)인 히데타다秀忠가 에도 성에 자리를 잡은 후부터 교토의 문화가 에도로 급격하게 옮겨가고 있었다. 도카이도東海道나 뱃길 쪽은 거의 관용 운송이나 건축용 자재의 운반, 관리와 귀족들의 왕래만으로도 가득 찰 지경이었기 때문에 이런 기녀들의 행렬은 불편을 감수하면서 나카센도나 고슈 가도를 택할 수밖에 없었다.

오늘 이곳까지 온 기녀들의 주인은 후시미伏見 사람이었는데, 어떤 연유에선지 무사이면서도 기루의 주인이 된 사람이었다. 눈치와 상술에 뛰어난 그는 후시미 성의 도쿠가와 가문에 줄을 놓아 에도로 이주할 수 있는 허가를 받아내서는 자신뿐 아니라 다른 동업자들에게도 권하여 여자들을 속속 서쪽에서 동쪽으로 이주시키고 있었다. 그는 쇼지 진나이庄司甚內라는 자였다.

"자, 쉬었다 가자."

고보토케 위에 당도하자 진나이는 적당한 곳을 찾아내고 말했다.

"조금 이르긴 하지만 쉬는 김에 점심까지 먹도록 하자. 오나오お直 할멈, 여자와 아이 들에게 도시락을 나눠주게."

짐 위에서 고리짝 하나만큼이나 되는 도시락을 내려 마른 잎에 싼 밥을 하나씩 나눠주자 여자들은 제각각 흩어져서 먹기 시작했다.

여자들의 피부는 하나같이 색기가 흐르고 있었고, 머리에는 수건이나 삿갓을 쓰고 있었지만 뽀얗게 먼지가 내려앉아 있었다. 따뜻한 차도 없이 푸석푸석한 밥을 입맛을 다셔가며 먹고 있는 모습을 보고 있자니 기녀로서의 매력은 어디에서도 찾아볼 수 없었다.

"아아, 잘 먹었다."

그녀들의 부모가 그 말을 들었다면 눈물을 흘리며 통곡했을 것이다. 그때 기녀들 중 두세 명이 때마침 자신들의 앞을 지나가는 여행자 차림의 젊은이를 보며 소곤거렸다.

"어머, 참 잘났다."

"누군지 아니?"

그러자 그 말을 옆에서 들은 다른 기녀가 말했다.

"난 저 사람을 잘 알아. 요시오카 도장의 제자들과 종종 오던 손님이야."

2

가미가타에서 간토의 거리는 간토 사람이 미치노쿠를 떠올리는 것보다 훨씬 멀었다.

'앞으로 어떤 곳에서 장사를 하게 될까?'

마음 한편에서 불안하게 생각하던 그녀들은 우연히 후시미에서 낯익은 손님이 지나간다는 말을 듣고 웅성거리기 시작했다.

"누구니?"

"어디?"

그녀들은 눈을 반짝이며 바라보았다.

"큰칼을 등에 메고 거들먹거리며 걸어오는 저기 젊은이 말이야."

"아아, 저 마에가미前髮(관례冠禮 전의 사내아이가 이마 위에 땋아 올리는 머리)를 한 무사 수련생?"

"그래그래."

"불러봐, 이름이 뭐니?"

뜻하지 않게 고보토케 고개 같은 곳에서 자신이 이렇게 많은 기녀들의 관심을 받고 있는지도 모르고 사사키 고지로는 손을 휘저으며 사람들 사이를 헤치고 지나갔다.

그러자 누군가 색정적인 목소리로 그의 이름을 불렀다.

"사사키 님, 사사키 님!"

고지로는 설마 자기를 부르는 줄은 꿈에도 생각하지 못하고 뒤도 돌아보지 않고 계속 걸어가고 있었다.

"마에가미 님!"

그런데 이 소리는 귀에 거슬렸는지 괘씸하다는 듯 눈살을 찌푸리며 돌아보았다.

짐말의 다리 밑에 앉아 밥을 먹고 있던 쇼지 진나이가 여자들을 꾸짖으며 고지로를 바라보았다.

"무슨 소리냐, 무례하게!"

그런데 언젠가 요시오카의 문하생들이 후시미의 가게에 왔을 때 인사한 것을 떠올리고는 벌떡 일어서서 고지로에게 반갑다는 듯 말했다.

"아니, 이게 누구십니까? 사사키 고지로 님이 아니십니까? 어디로 가시는 길이십니까?"

"아, 스미야角屋의 주인장이군. 난 에도로 가는 길인데, 대체 자네들은 어디로 가는 길인가?"

"저희들도 후시미의 기루를 정리하고 에도로 가는 길입니다."

"아니, 왜 그리 전통 있는 기루를 버리고 아직 어떻게 될지도 모르는 에도로 가려는 건가?"

"물이 너무 탁하면 썩은 것만 몰려들고 수초는 자라지 못하니까요."

"에도로 간다 해도 성을 개축하거나 무기를 다루는 일은 있을지 모르지만, 아직 기루 같은 유흥업은 수지가 맞지 않을 텐데?"

"그렇지 않습니다. 나니와難波(오사카 시와 그 부근의 옛 이름)에서 갈대를 베고 터를 잡은 것은 다이코 님보다 기녀들 쪽이 먼저였으니까 말입니다."

"그런데 살 집은 있나?"

"나라에서 지금 집을 한창 짓고 있는 요시와라葭原라는 늪지를 수십 정보町步(1정보는 3,000평)나 저희에게 내려주셨습니다. 그래서 다른 동업자가 먼저 가서 땅을 메우고 공사를 하고 있으니 길에서 떠돌 걱정은 없습니다."

"뭐? 도쿠가와 가에서 자네 같은 자에게까지 수십 정보나 되는 땅을 주었단 말인가? 그것도 공짜로?"

"누가 갈대가 우거진 늪지를 돈을 내고 사겠습니까? 뿐만 아니라 석재와 목재 등도 충분히 내려주셨습니다."

"하하하…… 그렇군. 그래서 가미가타에서 이렇게 많은 식구들을 데리고 가는 것이군."

"고지로 님도 혹 나랏일 때문에?"

"아니, 난 벼슬은 바라지 않지만, 신임 쇼군이 새로이 천하에 정도를 펴는 중심지이니 일단 견학을 하려고 가는 길이네. 하긴, 쇼군 가의 사범이 된다면 그것도 좋겠지만……."

진나이는 고지로의 말에 아무런 대꾸도 하지 않았다.

세상의 이면과 경기의 움직임, 다양한 군상들을 소상히 꿰뚫고 있는 그의 눈으로 봐도 검술은 뛰어날지 모르지만, 지금과 같은 말주변으로는 어림도 없을 것이라고 생각했기 때문이다.

"자아, 슬슬 출발해볼까?"

그가 고지로를 외면하고 일행에게 이렇게 재촉하자 기녀들의 머릿수를 알고 있는 오나오 할멈이 소리쳤다.

"이런, 아이들 중 한 명이 모자라. 대체 누가 없는 게냐? 기초几帳냐, 스미조메墨染냐? 아아, 두 사람은 저기에 다 있군. 이상하네, 누구지?"

3

에도로 옮겨가는 기녀들과 길동무가 될 마음이 없는 고지로는 혼자서 먼저 출발했고, 스미야의 대가족은 한 명의 낙오자 때문에 모두 출발을 못하고 있었다.

"방금 전까지도 있었는데."

"어떻게 된 거지?"

"혹시 도망친 거 아니야?"

두세 명이 그렇게 말하며 여자를 찾으러 길을 되짚어 갔다.

진나이가 고지로에게 작별 인사를 하고 그 소란에 이쪽으로 고개를 돌리고 노파에게 물었다.

"이보게, 할멈. 도망쳤다니 대체 누가 도망쳤다는 겐가?"

자신에게 책임이라도 묻는 듯한 진나이의 말에 노파가 기가 죽어서 대답했다.

"아케미라는 계집애입니다요. ……맞아, 주인님이 기소 가도에서 만나 기녀가 되지 않겠느냐며 데리고 온 계집애 말입니다요."

"아케미가 보이지 않는다고?"

"도망친 게 아닌가 하고 지금 젊은이들이 찾으러 갔습니다요."

"그 아이라면 몸값을 주지도 않았고, 그저 기녀가 돼도 좋으니 에도까지 데려다 달라고 해서 데리고 가겠다고 했던 것뿐이네. 여기까지 오느라 여비가 좀 든 건 손해지만, 뭐 어쩔 수 없지. 그냥 내버려두고 어서들 출발하자고!"

오늘 밤 하치오지八王子에서 묵게 되면 내일은 에도에 들어갈 수 있다. 밤길을 좀 걷더라도 거기까지 가려고 생각한 진나이는 일행을 재촉하며 앞장섰다.

그때 도망친 줄 알았던 아케미가 길가에서 모습을 나타냈다.

"여러분, 정말 죄송합니다."

아케미는 이미 걷기 시작한 일행 속에 섞여서 함께 걸어갔다.

"어딜 갔다 온 거니?"

오나오가 꾸짖었다.

"아무 말도 없이 샛길로 빠지면 안 돼. 도망칠 생각이라면 모를까……."

오나오는 다른 기녀들이 얼마나 걱정했는지 모른다고 사뭇 과장을 섞어가며 나무랐다.

그러나 아케미는 꾸중을 들어도, 화를 내도, 그저 웃기만 했다.

"하지만 아는 사람이 지나가기에 만나기 싫어서 뒤쪽에 있는 수풀 속에 급히 숨었던 거예요. 그런데 발밑이 절벽이어서 그대로 미끄러지는 바람에……."

아케미는 미안하다고는 했지만 옷이 찢어지고 팔꿈치가 까졌다는 말만 하며 전혀 미안한 표정이 아니었다.

앞에서 걷던 진나이가 아케미를 불렀다.

"어이, 얘야."

"저 말씀이세요?"

"그래, 아케미라고 했지? 기억하기 힘든 이름이군. 정말로 기녀가 될 마음이 있으면 좀 더 부르기 쉬운 이름으로 바꿔야 할 게다. 그런데 넌 정말로 기녀가 될 각오는 되어 있는 거냐?"

"기녀가 되는 데 무슨 각오가 필요해요?"

"한 달쯤 일해보고 싫다고 그만둘 수 있는 일이 아니다. 무엇보다도 기녀가 되면 손님이 원하는 건 싫어도 싫다고 할 수 없어. 그 정도 각오가 되어 있지 않으면 곤란해."

"어차피 전 여자에게 생명과도 같은 소중한 것을 사내라는 놈들에게 짓밟혀버렸는걸요."

"그렇다고 해서 더 짓밟혀도 된다는 법은 없다. 에도에 도착할 때까지 잘 생각해보거라. 그동안의 밥값이며 숙박비를 내놓으라고 하지는 않을 테니까 말이다."

불장난

1

어젯밤 다카오高雄에 있는 야쿠오인藥王院에 함을 진 시종과 열다섯쯤 되어 보이는 소년을 데리고 한 노인이 찾아왔었다.

"참배는 내일 하기로 하고, 묵을 곳을 찾고 있소이다."

노인은 저녁 무렵에 야쿠오인의 현관에 서서 그렇게 말했다.

오늘 아침에는 일찍 일어나 소년을 데리고 산을 돌아보고 점심때쯤 돌아왔는데, 이곳 역시 우에스기, 다케다, 호조 이후에 전란으로 황폐해진 모습을 보고는 지붕이라도 수리하라며 금 석 냥을 시주하고는 곧 짚신을 신고 떠나려 했다.

야쿠오인의 관리는 노인이 적잖은 금을 내어놓자 깜짝 놀라서 허둥지둥 배웅을 나와 물었다.

"존함이 어떻게 되시는지."

그러자 다른 중이 숙박부를 내 보이며 말했다.

"숙박부에 쓰여 있습니다."

숙박부에는 '기소 온타케 산 아래 백초방百草房 나라이 다이조'라고 쓰여 있었다.

"아아, 바로……."

야쿠오인의 관리는 어젯밤부터 소홀히 대접했던 일을 입이 닳도록 거듭 사죄했다.

나라이의 다이조라는 이름은 전국 방방곡곡의 신사나 사찰에 있는 봉납 표찰에서 흔히 볼 수 있는 이름이었다. 그는 신사나 사찰 등에 들르면 반드시 금을 봉납하곤 했는데 – 영지에 따라 금 수십 냥을 봉납하는 곳도 있었다 – 그것이 취미인지, 자신의 이름을 알리기 위해서인지, 아니면 진실한 신심인지는 본인 외에는 알 수가 없지만, 어쨌든 요즘 같은 세상에서는 보기 힘든 기인이어서 이곳의 관리도 익히 그 이름을 알고 있었던 듯 보인다.

그래서 급히 그를 붙잡고 절의 보물이라도 구경하고 가기를 권했지만 다이조는 이미 일행과 함께 문을 나서며 말했다.

"한동안 에도에 머물 예정이니 조만간 다시 들르겠소이다."

"그럼, 산문까지 배웅해드리겠습니다."

관리가 다이조를 따라 나서며 다시 물었다.

"오늘 밤은 관청에서 묵으실 생각이신지요?"

"아니오, 하치오지에서 묵을 생각입니다만."

"그러시다면 편히 쉬실 수 있을 겁니다."

"하치오지는 지금 어느 분이 다스리고 있는지요?"

"얼마 전부터 오쿠보 나가야스大久保長安 님이 다스리고 계십니다."

"아아, 나라奈良 부교奉行(무가 시대에 행정 사무를 담당한 각 부처의 장관)를 하시던……."

"사도佐渡의 금광 부교도 맡고 계신다고 합니다."

"재능이 뛰어난 분이시니 그럴 만도 하지요."

해가 중천에 떠 있을 때 산을 내려간 다이조 일행은 하치오지의 여관 거리로 들어섰다.

"조타로, 어디서 묵을까?"

다이조가 옆에서 따라오는 조타로에게 묻자 조타로는 즉시 대답했다.

"아저씨, 절은 이미 문을 닫은 것 같은데요."

그래서 그들은 마을에서 가장 큰 여관을 골라 들어갔다.

"신세 좀 지겠소."

다이조의 인품도 좋아 보이고 시종을 데리고 다니는 여행객인지라 여관에서는 정중히 맞아주었다.

"어서 오십시오."

그런데 얼마 후 해가 지고 손님들이 몰려들 무렵이 되자 주인과 지배인이 오더니 미안해하며 이런 부탁을 했다.

"정말로 무리한 부탁인 줄 압니다만, 예상치도 못하게 일행이 많은 손님들이 오셔서 여기 아래층은 오히려 시끄러울 듯하니 2층으로 옮기시는 게 어떠실지……."

"아아, 그렇게 합시다. 손님이 많아서 다행이오."

다이조는 흔쾌히 승낙하고 시종에게 짐을 들려 2층으로 올라갔다.

그런데 그들이 나간 뒤에 그들이 있던 방으로 들어온 것은 바로 스미야의 기녀들이었다.

2

"이런, 하필 이런 곳에 묵게 되다니."

다이조는 2층으로 올라와서 이렇게 푸념을 하며 주위를 둘러보았다.

예상치 못한 혼잡함에 아무리 불러도 여관집 하인은 오지 않았다. 밥상조차 내오지 않았다.

겨우 식사가 나왔는가 싶었더니 이번에는 그것을 치우러 오지 않았다.

게다가 쿵쾅쿵쾅, 아래층과 2층을 가릴 것 없이 분주히 오가는 발소리가 끊이질 않았다. 화가 났지만 분명 정신없이 일하고 있을 하인들이 안쓰러워 화도 낼 수 없었다.

정돈되지 않은 방 안에서 다이조는 팔베개를 하고 누워 있다가 무슨 생각이 들었는지 고개를 들고 시종을 불렀다.

"스케이치助市."

그러나 아무도 들어오지 않자 일어나 앉아 조타로를 불렀다.

"조타로, 조타로!"

그런데 조타로도 어디로 갔는지 보이지 않아서 방에서 나가 보니 안뜰이 내려다보이는 2층의 마루 난간에 마치 꽃구경이라도 하듯 2층의 손님들이 죽 늘어서서 아래층의 방들을 보며 웅성거리고 있었다. 조타로도 그들 속에 섞여 아래층을 내려다보고 있었다.

"이놈!"

다이조가 조타로를 붙잡아 와서 호통 치듯 물었다.

"뭘 보고 있었느냐?"

조타로는 집 안에서도 손에서 놓지 않는 목검을 바닥에 놓으며 앉으면서 말했다.

"다들 보고 있는데요, 뭘."

"그러니까, 다들 뭘 보고 있느냐 이 말이다."

다이조도 다소나마 흥미가 없는 것은 아니었다.

"뭐긴요…… 아래층 안쪽에 묵고 있는 여자들을 보고 있는 거죠."

"그뿐이냐?"

"그뿐이에요."

"뭐가 그리도 재미있더냐?"

"잘 몰라요."

조타로는 어깨를 으쓱했다.

다이조가 안정을 취하지 못하는 원인은 하인들의 바삐 움직이는 발소리 때문도, 아래층에 묵게 된 스미야의 기녀들 때문도 아니었다. 오히려 그것을 위에서 내려다보며 소란스럽게 떠드는 2층의 손님들 때문이었다.

"난 잠시 마을을 돌아보고 올 테니 되도록 방을 비우지 말도록 하거라."

"마을에 갈 거면 저도 같이 데려가 주세요."

"밤이라 안 된다."

"왜요?"

"늘 말하지만 내가 밤에 나가는 것은 놀러 나가는 것이 아니다."

"그럼, 뭐죠?"

"신심信心이다."

"신심은 낮에 하는 걸로도 충분하잖아요. 부처님이나 절도 밤에는 잘 거예요."

"불당에 참배하는 것만이 신심이 아니다. 달리 기도하는 방법도 있는 게야."

다이조는 그렇게 말하고 다시 조타로에게 일렀다.

"그 함에서 내 두타대頭陀袋(여러 곳을 돌아다니며 도를 닦는 승려가 옷가지를 넣어 걸고 다니는 자루)를 꺼내야 하는데 열 수 있겠느냐?"

"열 수 없어요."

"스케이치가 열쇠를 가지고 있을 게다. 스케이치는 어딜 갔느냐?"

"아까 아래층에 갔어요."

"아직도 목욕 중이냐?"

"아래층에서 기녀들 방을 엿보고 있을 거예요."

"그 녀석도?"

다이조는 혀를 끌끌 찼다.

"빨리 불러오너라."

다이조는 그렇게 말하고 허리끈을 고쳐 매기 시작했다.

3

마흔 명이 넘는 일행이었다. 여관의 아래층은 스미야의 기녀들로 가득 차 있었다.

남자들은 계산대 쪽 방에, 기녀들은 안뜰 맞은편 방에 있었다. 번잡하다 못해 시끄러울 지경이었다.

"내일은 더 이상 못 걷겠어."

무를 갈아서 화끈거리는 발바닥에 바르는 여자들도 있었다. 아직도 기운이 남아 있는 여자는 낡은 샤미센三味線(일본 고유의 음악에 사용하는, 세 개의 줄이 있는 현악기)을 빌려와 연주하고 있고, 피부가 창백한 여자는 벌써 벽을 향해 이불을 뒤집어쓴 채 자고 있었다.

"맛있어 보인다. 나도 좀 줘."

먹을 것을 갖고 싸우기도 하고, 또 행등을 마주하고 가미가타에 남겨두고 온 사랑하는 남자에게 편지를 쓰고 있는 여자의 뒷모습도 보였다.

"내일이면 에도에 도착할까?"

"글쎄. 내가 물어보니까 여기서 130리나 남았대."

"아까워 죽겠네. 등불을 보니 이러고 있는 게 너무 아까워."

"어머나, 주인아저씨 생각하는 거니?"

"따분해서 그래. 아아, 머리 가려워. 비녀 좀 빌려줘."

교토의 기녀들이라는 얘기를 들은 스케이치는 목욕탕에서 나온 후에 몸의 물기를 닦는 것도 잊은 채 안뜰 너머에서 마냥 넋을 놓고 바라보고 있었다. 그때 뒤에서 누군가 그의 귀를 잡아 당겼다.

"적당히 좀 하시지."

"아야."

스케이치가 뒤를 돌아보았다.

"뭐야, 이 녀석이!"

"널 찾고 있어."

"누가?"

"네 주인이."

"거짓말 하지 마."

"거짓말 아니야. 또 나가신대. 아저씬 1년 내내 걷기만 하나 봐."

"그래?"

조타로도 스케이치를 뒤따라 뛰어가려고 하는데 정원수 아래에서 누군가 그를 불렀다.

"조타로, 조타로 아니니?"

조타로는 깜짝 놀라 진지한 표정으로 뒤를 돌아보았다. 모든 걸 잊고 운명에 따라 흘러가는 대로 살고 있는 것 같지만, 그의 마음속 어딘가에서는 끊임없이 잃어버린 무사시와 오쓰를 생각하고 있는 듯했다.

방금 자신을 부른 것은 젊은 여자의 목소리였다. 조타로는 혹시나 하고 기대에 부푼 모습이었다. 가만히 소리가 난 쪽을 살피며 물었다.

"누구?"

조타로는 머뭇머뭇 다가갔다.

"나야."

나무 아래의 하얀 얼굴이 나뭇잎을 헤치며 조타로 앞으로 나왔다.

"뭐야!"

조타로가 실망한 듯 그렇게 소리치자 아케미는 혀를 차며 말했다.

"뭐야라니 반응이 왜 이래?"

아케미는 반가워하는 자신의 마음을 조타로가 몰라주자 얄미운 듯 등을 찰싹 때리며 말했다.

"정말 오랜만이다. 근데 네가 왜 이런 곳에 있는 거니?"

"누나야말로 어떻게 된 거예요?"

"난 말이지, 알고 있겠지만 요모기야에 있던 양어머니와 헤어지고 그 뒤로 이런저런 일이 있어서."

"저 많은 기녀들과 같이 온 거예요?"

"응. 하지만 아직 고민 중이야."

"뭘?"

"기생이 될까, 그만둘까."

아이라 해도 아케미는 조타로 외에는 그런 하소연을 할 사람이 아무도 없었다.

"조타로, 무사시 님은 지금 어떻게 지내시니?"

아케미는 그제야 무사시에 대해 물었지만 그녀가 처음부터 묻고 싶었던 것은 그것뿐인 듯했다.

4

아케미가 무사시의 소식을 묻자 조타로는 오히려 자기가 알고 싶었지만 아무 내색도 않고 대답했다.

"난 몰라요."

"네가 왜 몰라?"

"오쓰 님은 물론 스승님도 도중에 다 잃어버렸으니까."

"오쓰 님이라니 누구지?"

아케미는 갑자기 조타로의 말에 관심을 보이더니 뭔가 기억이 난 듯 중얼거렸다.

"아아, 그렇구나. ……그 여자가 아직도 무사시 님을 쫓아다니나 보네."

아케미가 항상 상상하고 있는 무사시는 행운유수行雲流水의 무사 수련생이었다. 수하석상樹下石上의 인물이었다. 그래서 아무리 다가가려 해도 다가갈 수 없는 심정이었다. 그와 동시에 자신의 쇠락한 처지를 생각하면 어차피 이루어질 수 없는 사랑이라는 마음이 들어 포기할 수밖에 없었던 것이다.

하지만 그런 무사시의 삶 속에 다른 여자의 그림자가 겹쳐 있는 것을 상상하자 아케미는 도저히 그냥 앉아서 포기할 수가 없었다.

"조타로, 여긴 다른 사람들의 눈도 있고 하니 밖으로 나가지 않을래?"

"마을로?"

그러지 않아도 나가고 싶어서 안달이 나던 참이었기 때문에 그녀의 말에 싫다고 할 리가 없었다.

두 사람은 여관의 뒷문을 열고 초저녁 거리로 나왔다.

이십오숙二十五宿이라 불리는 하치오지의 거리는 지금까지 보았던 그 어떤 곳보다 번화해 보였다.

지치부秩父와 고슈의 경계가 되는 산이 마을의 서북쪽을 둘러싸고 있었지만, 이 거리에 모여 있는 초저녁 불빛은 술 냄새와 거간꾼의 목소리, 베틀 돌아가는 소리, 역참 관리인이 호통 치는 소리, 예인들이 연주하는 쓸쓸한 음악 소리에 둘러싸여 흥청거리고 있었다.

"오쓰라는 여자에 대해선 마타하치 님에게 자주 들었는데, 도대체 어떤 여자니?"

아케미는 오쓰가 몹시 마음에 쓰이는 눈치였다.

무사시는 잠시 가슴 한편에 제쳐두고 그녀의 가슴속에서는 오쓰라는 여자에 대해 뭔가 타는 듯한 초조함이 고개를 들기 시작했다.

"좋은 사람이죠. 다정하고, 배려심도 있고, 예쁘고…… 난 오쓰 님이 너무 좋아!"

조타로가 특히 그렇게 말하자 아케미는 일종의 위협 같은 것을 느끼기도 했다. 그러나 그런 감정은 아무리 여자라도 결코 얼굴에 드러내지 않는다. 그녀도 반대로 미소를 지으며 말했다.

"그래, 그렇게 좋은 사람이구나."

"응, 그리고 뭐든지 잘해요. 노래도 잘 부르고, 글씨도 잘 쓰고, 피리도 잘 불어요."

"여자가 피리 같은 걸 잘 불어봐야 무슨 소용이니?"

"그래도 야마토의 야규柳生 님과 다른 사람들은 모두 오쓰 님을 칭찬했어요. ……다만 한 가지, 내가 보기에 나쁜 점은 있지만."

"여자들은 누구나 나쁜 점을 많이 갖고 있단다. 단지 그것을 나처럼 있는 그대로 밖으로 표현하는지, 아니면 얌전한 체하며 잘 감추느냐 하는 차이밖에 없는 거야."

"그렇지 않아요. 오쓰 님의 나쁜 점은 단 하나밖에 없다고요."

"어떤 건데?"

"걸핏하면 우는 거예요. 울보예요."

"운다고? ……왜 그렇게 울까?"

"스승님을 생각하기만 하면 울고 말아요. 같이 있는데 울기 시작하면 나도 울적해져서 난 그게 싫어요."

상대의 낯빛을 살피며 얘기하면 좋을 텐데 조타로는 전혀 개의치 않았다. 게다가 아케미가 질투심으로 불타오르는 것도 전혀 알아채지 못하고 있었다.

5

아케미는 숨길 수 없는 질투심을 눈동자에도 피부에도 역력히 드러내며 오쓰에 대해 계속 질문을 퍼부었다.

"오쓰 님은 대체 몇 살이니?"

조타로는 두 사람을 비교하듯 아케미의 얼굴을 바라보며 말했다.

"비슷할 거예요."

"나하고?"

"하지만 오쓰 님이 더 예쁘고 어려 보여요."

그쯤에서 화제를 돌렸으면 좋았을 텐데 아케미가 다시 물었다.

"무사시 님은 다른 사람들보다 더 무뚝뚝한 사람이라 그런 울보는 싫어할걸? 맞아, 분명히 그 오쓰라는 여자는 눈물로 남자의 마음을 끌려고 하는 스미야의 기녀 같은 여자일 거야."

아케미는 어떻게 해서든 조타로만이라도 오쓰를 좋게 생각하지 않도록 하기 위해 애썼지만 결과는 반대였다.

"그렇지 않아요. 스승님도 겉으로는 내색하지 않지만 사실은 오쓰 님을 좋아한다고요."

아케미의 표정이 예사롭지 않았다. 옆에 강이라도 있으면 뛰어들고 싶을 정도로 속에서 불덩어리가 치밀어 올라왔다.

상대가 아이만 아니었다면 좀 더 물어보고 싶은 것이 있었지만, 조타로의 낯빛을 보고는 그럴 수도 없었다.

"얘, 이리로 와."

아케미가 갑자기 네거리에서 골목의 빨간 등불을 보고 조타로를 끌어당겼다.

"어, 거긴 술집이잖아요?"

"응."

"여자가 왜…… 그만둬요."

"갑자기 뭐라도 마시고 싶어져서 그래. 나 혼자 들어가면 이상하잖아."

"나도 마찬가지죠."

"넌 뭐든 먹고 싶은 걸 먹으면 되잖아."

안을 들여다보니 다행히 다른 손님은 없는 것 같았다. 아케미는 강물에 뛰어드는 것보다 더 맹목적이 되어서 안으로 들어갔다.

"여기 술 좀 주세요."

아케미는 벽에 대고 말했다. 그리고 술이 나오자마자 벌컥벌컥 들이켰다. 조타로가 걱정되어서 말렸을 때는 이미 그의 통제에서 벗어나 있었다.

"시끄러워! 뭐야, 얘는?"

아케미가 팔을 휘저으며 소리쳤다.

"여기 술, 술 더 주세요."

아케미는 그렇게 말하더니 이미 빨갛게 달아오른 얼굴로 엎드려서는 숨을 쉬는 것조차 힘겨워하고 있었다.

"안 돼요, 그만 마셔요."

조타로가 걱정스럽다는 듯 말렸다.

"괜찮아, 넌 어차피 오쓰란 여잘 좋아하잖아. ……난 말이지, 눈물로 남자의 동정이나 사는, 그런 여자가 제일 싫어."

"난 술을 마시는 여자가 제일 싫어."

"미안. ……술이라도 마시지 않으면 견딜 수 없는 내 마음을 너 같은 꼬마는 이해 못할 거야."

"빨리 계산이나 해요."

"돈이 없는데."

"없다고요?"

"저기 여관에 묵고 있는 스미야의 주인아저씨한테 가서 받아다 줘. 어차피 이미 팔린 몸……."

"어, 우는 거예요?"

"미안."

"오쓰 님한테는 울보라고 실컷 욕하더니 자기가 우는 게 어딨어요?"

"내 눈물은 그 사람의 눈물과 달라. 아아, 귀찮아. 확 죽어버릴까?"

아케미가 벌떡 일어나서 문밖의 어둠 속으로 달려 나가자 조타로가 깜짝 놀라서 붙잡으러 따라갔다.

이런 여자 손님도 드물게나마 있는지 술집 주인은 웃고 있었지만, 구석에서 자고 있던 낭인은 취한 눈을 번쩍 뜨더니 두 사람이 나간 쪽을 쳐다보았다.

6

"아케미 누나, 죽으면 안 돼요."

조타로가 뒤에서 쫓아갔다.

아케미는 앞에서 어둠을 향해 달려갔다.

앞이 캄캄하든, 늪이든 상관 않고 무작정 달려가고 있는 것처럼 보이지만, 아케미는 조타로가 울먹이는 소리로 부르며 뒤에서 쫓아오고 있는 것을 알고 있었다.

아케미는 처녀의 순결을 요시오카 세이주로吉岡淸十郎에게 짓밟히고 스미요시住吉 바다에 뛰어들었을 때는 정말로 죽을 생각이었다. 하지만 지금의 아케미에겐 그때와 같은 분함은 있어도, 그때의 순수함은 이미 사라지고 없었다.

'죽긴 왜 죽어?'

그렇게 속으로 말하며 아무 이유도 없이 그저 조타로가 뒤에서 쫓아오는 것이 재미있고, 걱정을 끼치고 싶을 뿐이었다.

"앗, 위험해!"

조타로가 소리쳤다.

그녀 앞에 해자의 물 같은 것이 어둠 속에서 보였기 때문이었다. 주춤거리는 아케미를 조타로가 뒤에서 붙잡았다.

"누나, 그만둬요. 죽으면 아무 소용이 없잖아요."

"너도 그렇고, 무사시 님도 그렇고, 다들 날 나쁘게 생각하잖아. 난 가슴속에 무사시 님을 간직하고 죽을 거야. 또 그런 여자에게 무사시 님을 빼앗길 순 없어."

"왜 그래요? 대체 무슨 말이에요?"

"자, 날 저 속으로 밀어줘. ……응? 조타로."

아케미는 양손으로 얼굴을 가리고 엉엉 울기 시작했다.

조타로는 그 모습을 보고 이상한 두려움에 휩싸여 자기도 울고 싶어졌다.

"자, 그만 돌아가요."

조타로가 아케미를 달래듯 말했다.

"아아, 보고 싶어. 조타로, 찾아와줘. 무사시 님을."

"그쪽으로 가면 안 돼요."

"무사시 님."

"위험하단 말이에요!"

그때, 두 사람이 술집을 뛰어나갔을 때부터 곧장 뒤따라온 낭인이 좁은 해자를 둘러싸고 있는 저택의 모퉁이에서 슬금슬금

다가오더니 말했다.

"어이, 꼬마야. 이 여자는 내가 나중에 보내줄 테니 넌 먼저 돌아가도 된다."

낭인이 갑자기 아케미를 자신의 옆구리에 끌어안더니 조타로를 밀쳤다.

키가 훤칠한 서른네댓 살의 사내였다. 눈매가 날카롭고 수염자리가 푸르스름했다. 간토 풍이랄까, 에도에 가까워질수록 흔히 볼 수 있는 소매가 짧은 옷을 입고 큰 칼을 차고 있었다.

"어라?"

조타로가 올려다보니 아래턱에서 오른쪽 귀까지 칼에 베인 상처가 움푹 패여 있었다.

'예사 놈이 아닌 것 같다.'

조타로는 그렇게 생각했는지 마른침을 삼키고 아케미를 데리고 돌아가려고 하자 낭인이 소리쳤다.

"이것 봐라, 여자가 겨우 진정되어서 이렇게 기분 좋게 내 품에서 잠이 들지 않았느냐. 내가 데리고 가마."

"안 돼요, 아저씨."

"돌아가라."

"……?"

"돌아가지 못할까!"

조타로는 낭인이 손을 뻗어 자신의 옷깃을 붙잡자 온 힘을 다

해 버티며 말했다.

“무, 무슨 짓이에요?”

“이놈, 구정물 맛 좀 봐야 돌아가겠느냐!”

“왜 이래요?”

조타로는 허리를 뒤틀며 목검을 빼서 재빨리 낭인의 옆구리를 후려쳤다. 그러나 그 순간 보기 좋게 공중제비를 돈 조타로는 다행히 도랑에는 떨어지지 않았지만, 어디 돌부리에라도 부딪혔는지 끙끙 신음 소리를 내더니 그대로 뻗어버렸다.

7

조타로뿐만 아니라 아이들은 쉽게 기절한다. 어른 같은 망설임이 없기 때문에 어떤 사건과 맞닥뜨리면 그 순수한 영혼은, 바로 튕겨져 나갈지라도, 이승과 저승의 경계를 넘어버리는 것이다.

“얘, 꼬마야.”

“손님.”

“꼬마야…….”

귓전에서 번갈아가며 부르는 소리에 눈을 뜬 조타로는 많은 사람들이 자신을 간호하고 있는 모습을 눈을 껌뻑이며 둘러보았다.

"정신이 들었느냐?"

사람들의 물음에 조타로는 멋쩍은 듯 목검을 들더니 일어나 걷기 시작했다.

"얘야, 너랑 같이 나간 여자는 어떻게 됐니?"

여관 지배인이 황급히 조타로의 팔을 잡으며 물었다.

조타로는 그제야 비로소 이 사람들이 안에 묵고 있는 스미야 사람들과 여관의 하인들이고 아케미를 찾으러 왔다는 것을 알았다.

누가 발명했는지 가미가타에서도 귀한 물건으로 유행하고 있는 '초롱'이라 불리는 것이 벌써 간토에도 전해졌는지 그것을 든 사내며 몽둥이를 든 젊은이 등이 물었다.

"너랑 스미야의 여자가 낭인에게 잡혀 욕을 보고 있다고 알려 준 사람이 있는데, 어디로 갔는지 너는 알고 있느냐?"

조타로는 고개를 저으며 말했다.

"몰라요. 난 아무것도 몰라요."

"아무것도? ……바보 같은 소리 마라. 아무것도 모를 리가 없지 않느냐."

"어딘지 모르지만 저쪽으로 끌고 갔어요. 그것밖에 몰라요."

조타로는 대충 얼버무렸다. 괜히 말려들었다가 나중에 다이조에게 꾸중을 들을까 봐 두려웠고, 또 낭인에게 내동댕이쳐져서 기절한 일을 사람들 앞에서 말하기가 부끄러웠기 때문이다.

"어디냐? 그자가 도망친 쪽이."

"저쪽이요."

이번에도 역시 조타로는 아무 방향이나 가리켰다. 그런데 조타로가 가리킨 방향으로 사람들이 몰려가자마자 아케미가 여기에 있다며 소리치는 자가 있었다.

초롱과 몽둥이를 든 사람들이 그곳으로 뛰어가 보니 아케미는 농가의 헛간 같은 곳에 있었다. 이 근방에 쌓여 있는 건초 더미에 쓰러져 있었는지 사람들의 발소리에 놀라 일어난 아케미의 머리카락이며 옷에는 건초가 잔뜩 묻어 있었고, 옷깃과 허리끈은 풀어 헤쳐져 있었다.

"대체 어떻게 된 거냐?"

등불에 비친 아케미의 모습을 본 사람들은 이내 무슨 일이 벌어졌는지 직감할 수 있었다. 그러나 그것을 입에 담는 사람도 없었고, 범인인 낭인을 쫓아가는 사람도 없었다.

"……자, 그만 돌아가자."

아케미는 사람들이 내미는 손을 뿌리치고 헛간 판자벽에 얼굴을 댄 채 소리 높여 울기 시작했다.

"취한 것 같아."

"대체 왜 밖에 나와서 술을 마신 거야?"

사람들은 잠시 그녀가 우는 모습을 지켜보고만 있었다.

조타로도 멀리서 그 모습을 바라보고 있었다. 그녀가 무슨 일을 당했는지 머릿속에 확실히 그릴 수는 없었지만, 문득 그는 아케미와는 아무 관계가 없는 과거의 체험을 떠올리고 있었다.

그것은 야마토의 야규 장원에 있는 여인숙에 머물렀을 때, 그곳의 고챠小茶라는 소녀와 마구간 짚단 속에서 서로 꼬집기도 하고 물기도 하면서 사람들의 발소리를 두려워하며 맛보았던 경험이다.

"에이, 가자."

조타로는 이내 흥미를 잃고 뛰기 시작했다. 뛰면서 방금 전 저세상의 문턱까지 갔던 영혼을 이승에서 놀게 하며 노래를 부르기 시작했다.

들 한복판의
쇠로 만든 부처님
열여섯 소녀를 모르시나요,
길 잃은 소녀를 모르시나요.
쳐도 땡
물어봐도 땡.

양아들

1

여관으로 돌아가는 길을 안다고 생각했는데, 앞만 보고 달리다 보니 길을 잘못 든 듯했다.

"어, 이 길이 아닌가?"

조타로는 그제야 자신이 달리고 있는 길에 의심을 품고 앞쪽과 뒤쪽을 둘러보았다.

"올 때는 이런 곳을 지나지 않았는데."

겨우 깨달은 듯한 표정이었다.

그 일대는 오래된 성채의 터를 중심으로 무가들이 자리를 잡고 있는 마을이었다. 성채의 돌담은 과거 다른 지방의 군에 점령되었을 때 심하게 훼손되었지만, 일부를 복구하여 지금은 이 지방을 다스리고 있는 오쿠보 나가야스의 관사로 쓰이고 있었다.

센고쿠 이후로 발달한 평성平城과 달리 지극히 구식인 토호

시대의 성채였기 때문에 해자도 파지 않았고, 성벽과 가라하시唐橋(중국식 난간이 있는 다리)도 없는 그저 수풀에 뒤덮인 널찍한 산이었다.

"어? 누구지? 저런 곳에서 사람이 내려오네."

조타로가 서 있는 길 한쪽은 성채 아래를 둘러싸고 있는 무가의 담장이었고, 다른 한쪽은 논과 늪이었다.

그 늪과 논이 끝나는 자리에서 수풀에 뒤덮인 험준한 산의 뒤편이 깎아지른 절벽처럼 우뚝 솟아 있었다.

길도 없고 돌계단도 보이지 않는 것으로 봐서 아마 이 주변은 성채의 뒷문인 듯했다. 그런데 방금 조타로가 그 수풀 산의 절벽에서 그물 사다리를 늘어뜨린 채 내려오는 사람을 보았던 것이다. 그물 사다리 끝에는 갈고리가 달려 있는지 그물 사다리의 끝자락까지 내려오자 그는 발끝으로 바위와 나무뿌리를 찾아 발을 디디고 아래에서 그물을 흔들어 갈고리를 빼내더니 다시 그물 사다리를 밑으로 펼치고는 쭉쭉 내려왔다.

그리고 마침내 논과 산의 경계까지 내려온 그는 일단 근방의 잡목수풀 속으로 자취를 감췄다.

"뭐지?"

조타로의 호기심은 자신이 여관의 불빛에서 멀리 떨어진 곳에서 길을 잃고 헤매고 있다는 사실조차 잊게 만들었다.

"……?"

하지만 조타로가 아무리 눈을 크게 뜨고 찾아보아도 아무것도 보이지 않았다. 그는 호기심에라도 그 자리를 떠날 수 없었는지 길가의 나무 뒤에 몸을 바싹 붙이고 이윽고 논두렁을 건너 자신이 있는 곳으로 올 것 같은 그 그림자를 기다리고 있었다.

아니나 다를까, 그의 예상은 어긋나지 않았다. 시간이 꽤 흐르긴 했지만 마침내 논길에서 그가 있는 쪽으로 어슬렁어슬렁 다가오는 사람이 보였다.

'뭐야, 장작 도둑인가?'

남의 산에서 장작을 훔치는 토민들은 밤을 이용해서 위험한 절벽을 넘기도 했는데, 만약 그런 자라면 괜히 기다렸다며 조타로는 후회했다.

그런데 다음 순간 놀랄 만한 사실을 눈앞에서 목격한 조타로의 호기심은 만족감을 넘어 공포에 휩싸였다.

논두렁에서 길가로 올라온 그 그림자는 조타로가 나무 뒤에 숨어 있는 것도 모르고 유유히 그의 앞을 지나갔는데, 그 순간 조타로는 하마터면 비명을 지를 뻔했다.

왜냐하면 그 그림자는 분명히 자기가 얼마 전부터 신세를 지고 있는 나라이의 다이조가 틀림없었기 때문이다.

"아니야, 내가 잘못 봤을 거야."

하지만 조타로는 자신의 눈으로 직접 본 것을 부정하려고 했다. 아니, 그러고 보니 정말로 잘못 본 것도 같았다. 맞은편으로

뚜벅뚜벅 걸어가는 뒷모습을 보니 그는 검은 천으로 얼굴을 감싼 채 검은 치마바지에 각반을 차고, 발에도 가벼운 짚신을 신고 있었다. 그리고 등에는 뭔가 묵직해 보이는 보퉁이를 짊어지고 있었는데, 그 튼튼한 어깨와 허리만 보더라도 도저히 쉰이 넘은 다이조라고는 생각되지 않았다.

2

앞에서 걸어가는 그림자는 다시 길가에서 왼쪽 언덕 방향으로 꺾어져서 걸어갔다. 조타로도 별 생각 없이 그 뒤를 따라갔다.

어쨌든 그도 돌아갈 방향을 정해서 가야 하는 상황이었고 달리 길을 물어볼 사람도 없었던 터라 막연히 그 사내의 뒤를 따라가면 여관의 불빛이 보일 거라고 생각했던 것이다.

그런데 앞서 가던 사내는 샛길로 접어들자 지고 있던 보퉁이 같은 물건이 무거운 듯 이정표 아래에 내려놓고 거기에 새겨진 글을 읽고 있었다.

'어? 이상하다. 분명히 다이조 님을 닮았는데.'

조타로는 의심이 더욱 깊어져서 이번에는 정말로 그를 미행해야겠다고 마음먹었다.

사내는 이미 언덕길을 오르고 있었고, 그의 뒤를 따라간 조타로는 이정표에 새겨진 글을 읽어보았다.

머리무덤 소나무

이 위쪽

"아아, 저 소나무인가?"

소나무의 우듬지는 언덕 아래에서도 보였다. 뒤에서 몰래 따라가 보니 먼저 도착한 사내는 소나무 아래에 앉아서 담배를 피우고 있었다.

"틀림없이 다이조 님이야."

조타로는 중얼거렸다.

왜냐하면 이 무렵에는 이런 시골에 있는 사람이나 조닌町人(일본 에도 시대의 경제 번영을 토대로 17세기에 등장하여 빠르게 성장한 사회 계층이다. 도시에 거주했으며 대부분 상인과 수공업자들이었다)같은 사람이 비싼 담배를 피울 리가 없었기 때문이다. 담배 맛을 가르쳐준 것은 남만인南蠻人이지만, 일본에서 재배하기 시작한 후에도 너무 비싸서 가미가타 부근에서도 여간 돈이 많은 부자가 아니면 피울 수 없었다. 가격뿐만 아니라 일본인의 몸이 아직 담배에 익숙해지지 않아서 어지럼증을 일으키거나 거품을 무는 사람이 많은 탓에 일본인들은 담배를 맛은 있지만 마약쯤으로 여기고 있었다.

그래서 오슈奧州의 제후인 다테伊達 같은 사람은 60여만 석의 영주이자 담배를 대단히 좋아하는 애연가로 알려져 있는데, 그의 서기가 쓴《어일상서御日常書》에는 다음과 같이 쓰여 있을 정도다.

아침, 세 모금

저녁, 네 모금

자기 전, 한 모금

이런 것까지는 조타로가 알 리 없었지만, 조타로도 담배는 극히 소수의 사람만이 피울 수 있다는 것은 알고 있었다. 또 다이조가 평소 때를 가리지 않고 도기로 만든 파이프로 담배를 피운다는 것도 직접 눈으로 봐서 알고 있었다. 어쨌든 다이조가 담배를 피우는 것은 그가 기소에서 제일가는 부호이기 때문에 이상할 것이 없었지만, 지금 머리무덤의 소나무 아래에서 사내가 뻐끔뻐끔 담배를 피우고 있는 모습을 보고 있자니 무서울 정도로 의심이 소용돌이쳤다.

"대체, 뭘 하고 있는 거지?"

조타로는 호기심에 밀려 어느새 꽤 가까운 곳까지 기어가서 그의 동태를 살폈다.

얼마 후 사내는 유유히 담뱃불을 끄고 자리에서 벌떡 일어났다. 그리고 쓰고 있는 검은 천을 벗자 얼굴도 잘 보였다. 역시 나라이의 다이조였다.

그는 복면으로 썼던 검은 천을 수건처럼 허리춤에 끼우더니 큰 소나무의 주위를 한 바퀴 돌았다. 그리고 어디서 주워왔는지 손에는 어느새 괭이 한 자루가 들려 있었다.

"……?"

다이조는 괭이를 짚고 우뚝 서서 잠시 밤 풍경을 바라보고 있었다. 조타로는 이 언덕이 여관 거리에 있는 숙소와 성채랑 주택만 있는 택지의 경계라는 것을 깨달았다.

"흐음."

다이조는 고개를 끄덕였다. 그리고 갑자기 소나무 뿌리의 북쪽에 있는 돌 하나를 굴리더니 그 돌이 있던 자리를 괭이로 파기 시작했다.

3

일단 괭이질을 하기 시작한 다이조는 한눈 한 번 팔지 않고 땅을 팠다.

순식간에 사람이 들어가서 서 있을 수 있는 깊이의 구덩이가 생겼다. 다이조는 허리에 차고 있던 검은 수건으로 땀을 닦았다.

"……?"

수풀 속 돌 뒤에 납작 엎드려서 눈을 동그랗게 뜨고 바라보던 조타로는 그가 확실히 다이조라고 생각하고 있었지만, 지금까지 자신이 알던 다이조와는 어쩐지 다른 사람같이 여겨졌다. 이 세상에 나라이의 다이조라는 사람이 둘이나 있는 것 같은 느낌이었다.

"……됐다."

다이조는 구덩이 안에 들어가 머리만 내밀고 그렇게 말하더니 발로 바닥을 다지기 시작했다.

자신을 파묻고 흙을 덮을 생각이라면 말려야 하지 않을까, 하고 조타로는 걱정했지만 그것은 기우에 불과했다.

구덩이에서 뛰어나온 그는 소나무 밑에 놓아두었던 보퉁이처럼 보이는 물건을 구덩이 옆까지 질질 끌고 가더니 주둥이를 묶은 노끈을 풀었다.

보자기인 줄 알았는데, 그것은 가죽으로 만든 진바오리陣羽織(진중에서 갑옷 위에 걸쳐 입던 소매가 없는 겉옷)였다. 진바오리 속에 또 한 겹 막 같은 천으로 싸여 있는 것을 풀자 놀랍게도 황금 해삼이 나왔다. 두 쪽으로 자른 대나무의 마디 사이에 녹인 황금을 부어서 만든 것인데 그것이 몇 개나 있었다.

그뿐만이 아니었다. 이번에는 허리띠를 풀고 복대와 등, 온몸에서 수십 개나 되는 금화를 떨어내더니 재빨리 긁어모아 금덩이와 함께 진바오리로 싸서 개의 사체라도 차 넣듯이 구덩이 속으로 툭 차 넣었다.

그는 흙을 덮고 발로 다졌다. 그리고 돌을 원래 있던 자리에 다시 놓고 새로 덮은 흙이 눈에 띄지 않도록 마른 풀과 나뭇가지 등을 그 위에 뿌리더니, 평소 다이조의 복장으로 변신했다.

짚신과 각반같이 필요 없어진 물건은 괭이와 한데 묶어서 사람이 들어가지 않을 법한 수풀 속에 집어던졌다. 그리고 짓토쿠十德(칡 섬유로 짠 소맷자락이 넓고 옆을 꿰맨 여행복)를 입고 행각승이 걸고 다니는 듯한 두타대를 가슴에 걸고 신발을 갈아 신었다.

"휴우, 정말 힘들군."

다이조는 그렇게 중얼거리더니 언덕 저편으로 지체 없이 내려갔다. 그 후 조타로는 바로 황금을 묻어둔 곳으로 갔다. 아무리 봐도 땅을 판 흔적은 남아 있지 않았다. 조타로는 마술사의 손바닥을 보듯 땅을 멀거니 바라보고 있었다.

"……그래, 먼저 돌아가 있지 않으면 이상하게 생각할 거야."

여관 거리의 불빛이 보였기 때문에 돌아가는 길을 잃을 염려는 없었다. 그는 다이조와 다른 길을 골라 바람의 아들처럼 언덕을 뛰어 내려갔다.

조타로는 아무 일도 없었다는 듯 시치미를 떼고 여관 2층으로 올라가 방으로 들어갔다. 다행히 다이조는 아직 돌아오지 않았다. 다만 스케이치가 등잔 밑에 있는 함에 기대어 침을 흘리며 자고 있었다.

"스케이치, 감기 걸려."

일부러 흔들어 깨웠다.

"아, 조타로구나……."

스케이치는 눈을 비비며 일어났다.

"이렇게 늦게까지 주인 나리의 허락도 없이 어딜 그렇게 쏘다니다 온 거야?"

"무슨 소리야?"

조타로는 오히려 화를 내며 시치미를 뗐다.

"난 벌써 아까 돌아왔다구. 알지도 못하면서 잠꼬대는."

"거짓말. 스미야의 기생을 꼬드겨서 밖에 나갔다 왔잖아. 벌써부터 그런 짓을 하다간 큰 코 다친다."

그때, 장지문을 열고 다이조가 들어왔다.

"다녀왔다."

4

못해도 120리는 넘게 걸어야 하기 때문에 해가 지기 전에 에도에 도착하려면 아침 일찍 출발해야 한다.

스미야 일행은 동이 트기도 전에 하치오지를 떠났지만 다이조 일행은 느긋하게 아침밥을 먹고 해가 중천에 뜰 무렵에야 여관을 나섰다.

함을 진 시종과 조타로도 평소처럼 뒤를 따랐는데, 조타로는 어젯밤 일로 아무래도 다이조를 대하는 태도가 여느 때와 다를 수밖에 없었다.

"조타로."

다이조가 조타로의 침울한 표정을 보며 물었다.

"오늘은 어쩐 일이냐?"

"예?"

"무슨 일 있느냐?"

"아무 일도 없습니다."

"오늘따라 유달리 조용하구나."

"예…… 다이조 님. 실은 이러고 있다가는 스승님을 언제 만나게 될지 몰라서 그러는데, 이만 아저씨랑 헤어지고 저 혼자 스승님을 찾아볼까 해서요. ……안 될까요?"

다이조는 무뚝뚝하게 대답했다.

"안 된다."

그러자 조타로는 평소처럼 친근하게 조르려다가 급히 손을 빼면서 말했다.

"왜요?"

"잠시 쉬었다 가자."

다이조는 그렇게 말하고 무사시노武蔵野의 풀밭에 앉더니 함을 진 스케이치에게는 먼저 가라고 손짓했다.

"아저씨, 전 무슨 일이 있어도 스승님을 빨리 찾고 싶어요. 그러니까 혼자서 가는 게 더 나을 것 같아요."

"안 된다니까."

다이조는 복잡한 표정을 지으며 파이프의 담배를 빽빽 빨더니 말했다.

"넌 오늘부터 내 아들이 되는 거다."

전혀 예상치 못한 말에 조타로는 침을 꿀꺽 삼키며 다이조를 바라보았다. 그러나 다이조는 그저 싱글싱글 웃기만 할 뿐이라 조타로는 농담인 줄 알고 대답했다.

"싫어요. 아저씨 아들이 되는 건 싫어요."

"왜?"

"아저씨는 조닌이잖아요. 저는 무사가 되고 싶어요."

"나라이의 다이조도 뿌리를 조사해보면 조닌이 아니다. 반드시 훌륭한 무사로 만들어줄 테니까 내 양자가 되어라."

아무래도 진심인 듯했다. 조타로는 떨리는 가슴을 진정시키며 물었다.

"왜 갑자기 그런 말씀을 하시는 거죠?"

그러자 다이조는 갑자기 조타로의 손을 끌어당기더니 겨드랑이 밑으로 양팔을 넣어서 꼭 끌어안으며 그의 귀에 대고 작은 소리로 말했다.

"봤지?"

"……예?"

"봤잖아?"

"뭐, 뭘요?"

"어젯밤에 내가 한 일."

"……."

"왜 그랬느냐?"

"……."

"왜 남의 비밀을 몰래 훔쳐본 거야?"

"……죄송해요, 아저씨. 잘못했어요. 아무한테도 얘기하지 않을게요."

"목소리가 너무 크구나. 이미 엎질러진 물이니 야단을 치진 않으마. 그 대신 내 아들이 되어라. 그것이 싫다면 불쌍하지만 죽일 수밖에 없다. 어때, 어느 쪽을 선택하겠느냐?"

5

정말로 죽일지도 모른다고 생각했다. 태어나서 처음으로 공포라는 것을 느꼈다.

“죄송해요, 잘못했어요. 죽이지 마세요. 죽기 싫어요.”

사로잡힌 참새처럼 조타로는 다이조의 품 안에서 가볍게 바르작거렸다. 강하게 저항했다가는 바로 죽음의 손길이 자신을 덮칠 것 같은 두려움을 느꼈기 때문이다. 하지만 다이조는 조타로의 심장이 터질 정도로 강하게 조이고 있지는 않았다.

다이조는 조타로를 무릎 사이에 가볍게 안고 듬성듬성한 수염을 조타로의 뺨에 비비며 말했다.

“그럼, 내 아들이 되겠느냐?”

수염이 따가웠다. 그 부드러운 힘이 너무 무서웠다. 어른의 체취가 온몸을 묶어버렸다. 어떻게 된 일인지는 조타로도 알 수 없었다. 위험한 일이라면 이보다 더 한 일도 몇 번이나 겪었고, 그럴 때마다 오히려 앞뒤 가리지 않고 맞서는 조타로였다. 하지만 꼼짝도 할 수 없었다. 목소리도 나오지 않았고, 손도 뻗을 수 없었다. 갓난아기처럼 다이조의 무릎에서 도망칠 수 없었다.

“어느 쪽이냐? 어느 쪽을 선택하겠느냐?”

“…….”

“내 아들이 되겠느냐, 죽는 게 낫겠느냐?”

“…….”

“어서 말해보거라.”

“…….”

조타로는 마침내 어린아이처럼 울기 시작했다. 더러운 손으로 얼굴을 문지르자 눈물이 시커메져서 콧방울 옆에 맺혀 있다.

"왜 울어? 내 아들이 되면 행복한 일이거늘. 무사가 되고 싶으면 더욱 그렇지 않을까? 내가 반드시 훌륭한 무사로 만들어 줄 테니 말이다."

"하지만……."

"하지만 뭐?"

"……."

"분명히 말해보거라."

"아저씨는……."

"그래."

"하지만."

"답답한 녀석이구나. 남자란 뭐든지 분명하게 말할 줄 알아야 한다."

"그게…… 아저씨의 직업이 도둑이잖아요."

만약 다이조가 조타로를 가볍게라도 안고 있지 않았다면 그 순간 조타로는 도망을 쳤겠지만, 그의 무릎과 무릎 사이는 깊은 늪 같아서 일어설 수조차 없었다.

"하하하하."

다이조는 울고 있는 조타로의 등을 가볍게 두드리며 말했다.

"그래서 내 아들이 되는 것이 싫다고 한 것이냐?"

"예, 예……."

조타로가 고개를 끄덕이자 그는 다시 어깨를 들썩이며 웃었다.

"나는 천하를 훔치는 사람일지 모르지만, 쩨쩨하게 노상강도나 빈집을 터는 도둑과는 다르다. 이에야스나 히데요시, 노부나가도 천하를 훔친 자들이 아니냐? 나를 따라다니다 보면 곧 알게 될 게다."

"그럼, 아저씬 도둑이 아니에요?"

"수지도 맞지 않는 그런 장사는 하지 않는다. 난 그보다 훨씬 더 포부가 큰 사람이다."

조타로는 어떻게 대답해야 할지 알 수 없었다. 다이조는 조타로를 무릎 위에서 내려놓고 말했다.

"자, 울지 말고 가자. 오늘부터 넌 내 아들이다. 대신 어젯밤의 일은 절대 다른 사람에게 말해선 안 된다. 만약 입 밖에 냈다간 그 자리에서 목을 비틀어버리겠다."

개척자들

1

혼이덴 마타하치의 어머니가 에도에 온 것은 그해 5월 말경이었다. 날씨는 부쩍 더워졌지만 올해는 마른장마인지 비가 한 방울도 내리지 않았다.

"이렇게 초원이나 갈대가 많은 습지에 뭐 땜에 저리 집들을 짓는 거지?"

에도에 와서 받은 첫인상을 그녀는 그런 중얼거림으로 표현했다.

그녀는 교토의 오츠를 떠난 지 두 달 가까이 걸려 이제야 겨우 에도에 도착했다. 길은 도카이도를 통해 온 듯한데, 도중에 지병과 참배 등 발목을 잡는 것들이 많아 시간이 더 걸린 듯했다.

다카나와高輪 가도에는 근래에 심은 가로수와 이정표도 생겼다. 시오이리汐入에서 니혼日本 다리로 가는 길은 새로 조성된

시가지의 간선도로여서 비교적 걷기가 수월했지만, 그래도 돌과 목재를 실은 수레가 빈번하게 오가는 것과 집수리와 땅 매립용 흙의 운반 등으로 통행에 불편을 겪었고, 비도 오지 않아서 뿌연 먼지가 풀풀 날리고 있었다.

"아니, 이게 뭐야?"

오스기는 눈을 흘기며 새로 짓고 있는 민가 안을 들여다보았다.

안에서는 웃음소리가 들렸다. 미장이가 벽에 흙을 바르고 있었는데, 흙손 끝에서 날아온 흙이 그녀의 옷에 튀었던 것이다.

오스기는 나이가 들어도 이런 일은 참지 못하는 성격이었다. 순간, 얼마 전까지 고향에서 혼이덴 가의 어른으로 대접 받던 자부심이 폭발했다.

"지나가는 사람한테 흙을 튀여놓고 사과 한 마디 없이 어디서 웃고 지랄이야!"

고향에서 이렇게 호통을 치면 소작인이나 마을 사람들은 당장 엎드려 빌었을 테지만, 신천지인 에도로 흘러들어와 거친 흙을 개고 있는 미장이들은 하던 일을 멈추지 않고 콧방귀를 뀌었다.

"뭐라고? 어디서 괴상망측한 늙은이가 굴러 들어와서 뭐라고 씨불이는 거야?"

오스기는 마침내 화가 폭발해서 소리를 꽥 질렀다.

"지금 웃은 게 대체 누구냐?"

"우리가 다 웃었소만."

"뭐라고?"

오스기가 화를 낼수록 그들은 더욱 크게 웃었다.

지나가던 사람들은 발길을 멈추고 나이를 생각해서 그만두기를 바랐지만 오스기의 성격에 그대로 물러설 리가 없었다.

잠자코 토방으로 들어간 오스기는 미장이들이 발판으로 삼아 딛고 있는 판자를 잡으면서 말했다.

"네놈이렸다!"

오스기가 판자를 밀치자 미장이들은 들고 있던 회반죽을 뒤집어쓴 채 판자에서 굴러 떨어졌다.

"이런 미친!"

미장이들은 벌떡 일어서서 죽일 듯이 으르렁대며 오스기 앞으로 다가섰다.

"자, 밖으로 나와라!"

오스기는 전혀 겁을 먹지 않고 허리춤의 와키자시脇差(일본도의 일종으로 큰 칼에 곁들여 허리에 차는 작은 칼)에 손을 뻗으며 외쳤다.

오스기의 기세에 미장이들은 기가 죽었다. 뭐, 저런 늙은이가 다 있나, 하고 놀라는 모습이었다. 겉모습이며 말투를 보고 무사의 어머니인 줄 알았는지, 잘못 건드렸다간 오히려 봉변을 당할까 봐 겁을 집어먹은 듯했다.

"앞으로 또 이런 무례한 짓을 했다간 용서치 않을 것이다!"

오스기는 그제야 분이 풀렸는지 다시 길가로 나왔다. 행인들은 그런 그녀의 고집스런 뒷모습을 바라보다 각자 제 갈 길로 흩어졌다.

그때 미장이 꼬마가 진흙이 묻은 발로 공사장 옆에서 뛰어나왔다.

"이 할망구야!"

꼬마는 그렇게 외치며 갑자기 들통의 회반죽을 오스기에게 뿌리고 숨어버렸다.

2

"뭐 하는 짓이냐!"

오스기가 뒤돌아보았을 때는 그녀에게 회반죽을 뿌린 아이는 이미 사라지고 없었다. 그녀의 얼굴은 금방이라도 울음을 터뜨릴 것처럼 일그러졌다.

"뭐가 웃겨?"

이번에는 웃고 있는 행인들을 향해 고함을 질렀다.

"뭐가 그렇게 웃겨서 낄낄거리고들 있는 게냐? 너희들은 늙지 않을 줄 아느냐? 너희들도 언젠가 나이를 먹을 게다. 먼 길을 온 늙은이를 친절하게 대접하지는 못할망정 진흙이나 끼얹고 비웃고 있다니, 이게 에도 사람들의 인정이란 말이냐?"

오스기가 욕을 해대자 더 많은 행인들이 발길을 멈추고 웃었다. 그러는 것이 오스기에게는 이해가 가지 않는 듯했다.

"세상이 온통 에도가 제일이라고 떠들어대서 어떤 곳인가 하고 와봤더니, 산을 허물고, 갈대밭을 메우고, 땅을 파느라 온통 먼지투성이구먼. 게다가 사람들은 천박하고 인정머리도 없으니 내 어디에서도 이런 곳은 본 적이 없구나."

오스기는 그것으로 화가 좀 풀린 듯 여전히 웃고 있는 사람들을 그대로 두고 발걸음을 재촉했다.

마을은 기둥이며 벽들이 모두 새것이라 어디를 봐도 반짝반짝 빛나고 있었다. 공터로 나오자 아직 메우지 못한 땅에는 갈대와 억새 뿌리가 말라비틀어져서 땅 위로 드러나 있었고, 여기저기 말라붙은 소똥이 눈과 코를 찌르는 듯했다.

"이게 에도야?"

오스기는 에도의 모든 것이 마음에 들지 않았다. 신개발지인 에도에서 가장 오래된 것이 자신인 것만 같았다.

실제로 이곳에서 활동하고 있는 사람들은 모두 젊은 사람들뿐이었다. 가게 주인도 젊고, 말을 타고 다니는 관리도, 삿갓을 쓰고 성큼성큼 지나가는 무사도, 일꾼도, 직공도, 장사치도, 병졸에 장수까지 모두 젊었다. 젊은이들 천지였다.

"찾는 사람만 없으면 이런 곳에서는 단 하루도 있고 싶지 않을 텐데……."

오스기는 혼잣말로 중얼거리면서 또 걸음을 멈췄다. 이곳에서도 역시 땅을 파고 있어서 길을 돌아갈 수밖에 없었다.

파낸 흙더미는 계속해서 수레로 실어 날랐다. 그렇게 실어 나른 흙으로는 갈대밭이며 늪을 메웠고, 그 옆에서는 목수가 집을 짓고 있었다. 또 목수가 일하는 동안 얼굴에 하얀 분칠을 한 여자들이 주렴 뒤에서 눈썹을 그리기도 하고 술을 팔기도 했다. 생약이라는 간판을 내건 집도 있고, 비단 같은 옷감을 쌓아놓은 곳도 있었다.

이 근방에서는 이전의 지요다千代田 마을과 히비야日比谷 마을을 잇는 오슈 가도의 논길을 내고 있었고, 에도 성 주위로는 다이묘코지大名小路(다이묘의 저택이 들어선 거리를 부르는 말)와 주거지가 잘 정비되어 있어서 제법 성시로서의 모습을 갖추고 있었지만, 오스기는 아직 거기까지는 가 보지 못했다.

그리고 어제오늘, 급하게 개발되고 있는 곳만 보고 그것이 에도의 전부라고 생각했기 때문에 도저히 마음이 진정되지 않았다.

땅이 파헤쳐진 다리 기슭에 작은 오두막 한 채가 보였다. 거적으로 사방을 막고 입구에 발이 쳐져 있는데, 목욕탕이라는 글자가 쓰인 작은 깃발이 걸려 있었다.

오스기는 엽전 한 닢을 내고 탕에 들어갔다. 몸을 씻기 위해서

가 아니라 진흙과 회반죽이 묻은 옷을 빨기 위해서였다. 그녀는 옷을 빨아서 오두막 옆에서 말리는 동안 속옷 차림으로 그 밑에 쪼그리고 앉아 거리를 내다보고 있었다.

3

이따금 바지랑대의 옷을 만져보았다. 햇볕이 강해서 곧 마를 줄 알았는데 좀처럼 마르지 않았다. 속옷 한 장에 목욕옷을 두르고 앉아 있자니 아무리 나이를 먹은 할망구라도 민망했는지 오스기는 길을 오가는 사람들에게 보이지 않도록 목욕탕 구석에 웅크리고 있었다.

그때 도로 맞은편에서 사람들의 목소리가 들렸다.

"몇 평이나 돼? 이 땅은 싸지 않으면 흥정이 안 돼."

"전부 800평인데 값은 아까 말한 데서 한 푼도 깎을 수 없습니다."

"비싸. 누굴 바보로 아나?"

"천만에요. 집을 짓는 일꾼들의 품삯도 싸지가 않잖아요. 게다가 이 일대엔 이런 집터가 더는 없습니다."

"무슨 소리야? 아직 땅도 메우지 않았잖아?"

"하지만 갈대가 우거져 있는데도 모두들 서로 사려고 난리고,

매수자를 기다리고 있는 땅은 고작 10평도 되지 않습니다. 하긴, 저기 스미다 강隅田川 근처라면 얼마든지 있습니다만."

"정말 이 땅이 800평이나 되나?"

"그러니까 끈으로 재보시라니까요."

조닌 네댓 명이 토지의 매매거래를 하고 있었다.

그들이 부르는 값을 도로 맞은편에서 듣고 있던 오스기의 눈이 휘둥그레졌다. 시골이라면 농사를 지을 수 있는 논을 몇 십 마지기나 살 수 있는 돈인데, 여기서는 고작 1, 2평밖에 살 수 없었다.

에도의 조닌들 사이에서는 지금 열병처럼 토지매매가 성행하고 있었는데 이런 풍경은 어디에서나 볼 수 있었다.

'농사도 지을 수 없고, 마을 바깥에 있는 땅을 뭣 땜에 여기 사람들은 저렇게 사려고 안달일까?'

그녀는 도저히 이해할 수 없었다.

그사이에 거래가 마무리되었는지 매립지에 서 있던 사람들이 손뼉을 치며 뿔뿔이 흩어졌다.

"어맛!"

멍하니 넋을 놓고 있는 오스기의 등 뒤로 누군가 오더니 그녀의 허리춤에 손을 집어넣었다. 오스기는 그 손을 움켜잡으며 소리쳤다.

"도둑이야!"

하지만 이미 허리춤에서 지갑을 빼낸 사내는 도로 쪽으로 달아났다.

"도둑 잡아라!"

오스기는 필사적으로 쫓아가서 사내의 허리를 잡고 늘어졌다.

"누가 좀 도와줘요. 도둑이야!"

퍽퍽, 사내가 얼굴을 때려도 오스기가 손을 놓지 않자 이번에는 발을 들어 그녀의 배를 걷어찼다.

"입 닥쳐!"

오스기를 힘없는 여느 노파라고 생각한 것이 도둑의 착각이었다. 오스기는 신음 소리를 내며 쓰러지면서도 허리에 차고 있던 와키자시를 뽑아 도둑의 발목을 베어버렸다.

"아악!"

지갑을 든 도둑이 다리를 절면서 열 걸음 정도 도망쳤지만, 철철 흐르는 피를 보더니 어지러워하며 길바닥에 주저앉고 말았다.

방금 전에 매립지에서 토지 거래를 마치고 부하 한 명을 데리고 돌아가던 한가와라 야지베에半瓦彌次兵衛가 그 광경을 보고 말했다.

"어? 저자는 얼마 전까지 우리 집에서 빈둥거리던 고슈 놈 아니냐?"

"그런 것 같습니다. 지갑을 쥐고 있는뎁쇼."

"도둑이라는 소리가 들리더니 집에서 나간 뒤로도 아직 손버릇을 고치지 못한 모양이군. 저쪽에 노파가 쓰러져 있다. 고슈 놈은 내가 붙잡고 있을 테니 가서 저 노파를 보고 오너라."

한가와라는 그렇게 말하더니 도망가려는 도둑의 목덜미를 붙잡고 마치 벼룩이라도 때려잡듯이 공터 쪽으로 집어던졌다.

4

"큰형님, 이자가 노파의 지갑을 갖고 있을 겁니다."

"지갑은 이미 내가 빼앗아서 갖고 있다. 그래, 노파는 어떻게 되었느냐?"

"큰 상처는 없는 듯합니다. 기절을 했다 정신이 들자 저렇게 지갑만 찾고 있습니다."

"앉아 있는데, 일어서지는 못하느냐?"

"이자한테 배를 걷어차인 것 같습니다."

"나쁜 놈."

한가와라는 도둑을 노려보더니 부하에게 명령했다.

"우시丑야, 말뚝을 박아라."

말뚝을 박으라는 말을 들은 도둑은 칼을 들이댄 것보다 더 바들바들 떨면서 애원했다.

"큰형님, 그것만은 제발……. 앞으로는 마음을 고쳐먹고 열심히 일하겠습니다."

사내는 엎드려 빌었지만 한가와라는 고개를 저었다.

"안 된다, 절대 안 돼."

그사이에 돌아온 부하는 다리를 놓고 있는 목수 두 명을 데리고 왔다.

"여기쯤에 박아주게."

공터 한가운데를 발로 가리키며 목수에게 말하자 목수는 그곳에 말뚝 하나를 박았다.

"큰형님, 이거면 되겠습니까?"

"됐다. 이자를 거기에 붙들어 매고 머리 위로 판자 한 장을 붙여라."

"뭐라고 써야지요?"

"그렇지."

그는 목수의 먹통을 빌려서 판자에 다음과 같이 썼다.

하나, 도둑 한 마리

이제까지 한가와라의 집에서 밥을 먹던 자, 재차 도둑질을 하여 이렇게 이레 동안 묶어두고 벌을 주는 바이다.

목수 거리 야지베에

"고맙네."

한가와라는 목수들에게 먹통을 돌려주고 다리 공사를 하는 목수와 근처에서 일하고 있는 토공들에게 부탁했다.

"미안하네만 도시락의 남은 밥이라도 좋으니 죽지 않을 만큼만 가끔 먹이를 던져주게."

그의 말에 모두들 웃었다.

"알겠습니다. 실컷 비웃어주겠습니다."

비웃어준다는 것은 조닌 사회에서는 가장 치욕적인 제재였다. 정권을 잡고 나라를 움직이는 무사들이 오랫동안 자기들끼리 전쟁만 하느라 민치民治와 형법이 무너져서 조닌 사회는 스스로 질서를 유지하기 위해 이런 사형私刑 제도를 만들어 자체적으로 시행하고 있었다.

에도에서 새로운 통치 체제로서 마치부교町奉行(에도 · 오사카大阪 · 슨푸駿府 등지에 두고 시중의 행정 · 사법 · 소방 · 경찰 따위의 직무를 맡아보았음. 또 에도 이외에는 각기 지명을 앞에 붙였음) 같은 조직과 촌장과 같은 직제가 마련되어 민치가 이루어지고 있었지만, 민간의 구습이라는 것은 위에서 강제한다 하여 하루아침에 바뀔 수 있는 것이 아니다.

게다가 사형 같은 풍습 등은 개발 도상에 있는 혼잡한 사회에서는 당분간 필요하다고 판단하여 마치부교에서도 특별히 단속하지 않았다.

"우시야, 노파에게 지갑을 돌려주어라."

한가와라는 지갑을 오스기에게 돌려주고 나서 말했다.

"가엾게도 이 나이에 혼자 길을 나선 모양이군. ……옷은 어떻게 된 게냐?"

"빨아서 목욕탕 옆에서 말리고 있더군요."

"그럼, 옷을 들고 노파를 이리로 업고 와라."

"집으로 데리고 가시게요?"

"그래, 도둑놈만 혼내고 노파를 저대로 내버려두었다가는 또 어떤 놈이 나쁜 마음을 먹을지 모른다."

아직 마르지 않은 옷을 들고 오스기를 등에 업은 우시가 한가와라의 뒤를 따라 그곳을 뜨자 길에 모여 있던 사람들도 제각기 갈 길을 찾아 뿔뿔이 흩어졌다.

5

니혼 다리가 준공된 지 1년도 되지 않았다.

훗날 목판화 등에서 보는 것보다 실제 강폭은 훨씬 넓었고, 양쪽 기슭에 새로 석축을 쌓았는데 거기에 나무로 만든 난간도 있었다.

가마쿠라鎌倉와 오다와라小田原에서 온 배가 다리 기슭까지

빼곡하게 정박해 있다. 그 맞은편 강기슭에는 시끌벅적한 장이 열렸다.

"……아야야. 너무 아파."

우시의 등에 업힌 오스기는 얼굴을 찡그리면서도 어시장 사람들의 목소리에 무슨 일인가 하고 눈이 커졌다.

한가와라는 부하의 등에서 이따금 들려오는 신음 소리에 돌아보며 오스기에게 말했다.

"이제 얼마 안 남았소. 조금만 참으시오. 목숨이 위독한 것은 아니니 너무 앓는 소리는 내지 마시고."

오가는 사람들이 자꾸만 힐끔거리는 것이 신경 쓰여서 한가와라가 주의를 주자 그 뒤로는 오스기도 얌전해지더니 갓난아이처럼 우시의 등에 얼굴을 묻고 잠을 잤다.

대장간 거리와 창집 거리, 염색집 거리와 같이 장인들의 가게가 모여 있는 마을이 나타났다. 목수 거리에 있는 한가와라의 집은 그중에서도 유독 특이했다. 지붕의 절반이 기와로 덮여 있는 것은 누구의 눈에도 확 띄었다.

2, 3년 전의 에도 대화재 이후 마을에 있는 집들은 판자 지붕으로 바뀌었는데, 그 이전에는 대부분 초가지붕이었다. 야지베에의 집은 도로로 난 쪽만 기와지붕이었기 때문에 '반쪽 기와'라는 뜻의 한가와라半瓦라고 부르게 되었고, 스스로도 그것이 마음에 들었다.

야지베에는 에도로 이주해왔을 당시에는 그저 낭인에 불과했지만, 능력과 의협심을 갖추고 있는 데다 사람들도 잘 다루었다. 그 후 조닌이 되어 지붕을 수리하는 일을 시작했고, 제후들이 공사를 할 때 인부들을 관리하거나 땅을 사고파는 일도 했다. 지금은 모든 일을 남에게 맡긴 채 아무 일도 하지 않고 '큰형님'이라는 특수한 경칭을 듣고 있었다.

'큰형님'이라 불리는 특수한 권력자는 그를 비롯해서 신천지 에도에는 무척 많았다. 그러나 그중에서도 그는 발이 넓은 '큰형님'이었다.

사람들은 무사를 존경하듯 그들 일족을 '협객'이라 높여 부르며 오히려 무사들보다 신분이 낮은 자신들의 편으로 여기고 있었다.

이 협객들도 에도에 와서 풍속이며 정신이 크게 바뀌었지만, 에도에서 나고 자란 토박이는 아니다. 아시카가 시대 말기의 난세에도 이바라구미茨組라는 도당이 있었지만, 그들은 협객이라는 경칭은 듣지 못했다. 당시 사람들은 그들을 보면 함부로 다가가지 말고 말조심하라며 그들이 두려워서 길을 열어줄 정도로 위세가 대단했다고 한다.

그들 이바라구미는 입으로는 왕도를 부르짖었지만, 때때로 '강도짓은 무사의 관습'이라며 시가전이 벌어지기라도 하면 첩자로 변해 적과 아군을 가리지 않고 붙어먹는 바람에 평화가 오자 무사들로부터도 민중으로부터도 배척당하게 되었다. 그들 중에서 천성이 악한 자들은 산과 들에서 노상강도로 추락했고, 조금이라도 재주나 기개가 있는 자들은 에도라는 신천지로 와서 새롭게 발흥하는 문화에 눈을 뜨고 '정의를 뼈로 삼고, 민중을 살로 삼고, 의협심을 갖춘 남자다움을 피부로 삼아' 신흥 협객이 되었고, 지금 다양한 직업과 계급 속에서 그 존재를 드러내고 있는 참이었다.

"다녀왔다. 누구 없느냐? 손님 모시고 왔다."

한가와라는 집에 들어오자 널찍한 집 안쪽을 향해 소리를 질렀다.

강가의 결투

1

지내기가 편했는지 오스기는 한가와라의 집에서 1년 반을 지냈다. 그 1년 반 동안 오스기는 몸이 완전히 회복된 뒤로는 '뜻하지 않게 오랫동안 폐를 끼쳤구나. 이제 그만 떠나야겠다.'고 오늘은, 내일은 하고 끊임없이 말할 기회를 찾기도 했다.

하지만 떠나겠다는 말을 하려고 해도 주인인 한가와라 야지베에를 좀처럼 볼 수 없었다. 어쩌다 그를 봐도 그가 "그리 초조해하지 말고 여유를 갖고 원수를 찾으시지요, 저희도 계속 찾고 있으니 무사시의 거처만 알아내면 할머님 편이 되어 도와드리겠습니다."라는 말로 붙잡으면 그녀도 이 집에서 떠나려는 마음을 접곤 했다.

처음엔 에도라는 곳의 분위기와 풍속을 싫어하던 오스기도 한가와라의 집에서 1년 반이나 지내는 동안 에도 사람들의 친절함과 자유분방한 생활 모습 등을 보고는 생각을 고쳐먹게 되었다.

특히 한가와라의 집은 더욱 그랬다. 이곳에는 농부 출신의 게으른 자도 있고, 세키가하라에서 낙오된 낭인도, 부모의 재산을 탕진하고 도망쳐온 개망나니도, 바로 엊그제 감옥에서 나온 전과자도 있다.

그러나 그들은 모두 야지베에 밑에서 대가족적인 생활을 하며 엉성하고 조잡하지만 그 나름대로 정연한 위계를 갖고 '남자다움을 단련하자'는 목표 아래 일종의 '무호모노六方者 도장'을 형성하고 있었다.

이 무호모노 도장에는 큰형님 밑에 형님이 있고, 형님 밑에 부하가 있고, 그 부하 중에서도 고참과 신참의 구별이 엄격했는데, 각 계급 간은 물론 동료들 사이에서도 지켜야 할 예의가 엄격하게 세워져 있었다.

"그냥 놀며 지내는 게 지루하면 젊은이들 뒤나 좀 돌봐주시면 고맙겠습니다만."

야지베에가 그렇게 말한 뒤로 오스기는 침모들을 모아 그들의 빨래와 바느질 등을 해주고 있었다.

"과연 무사의 어머니셔. 혼이덴 가도 가풍이 꽤나 엄격한가 봐."

그들은 오스기의 엄격한 몸가짐과 살림 솜씨를 보면서 감탄을 금치 못했다. 또 오스기의 그러한 모습이 무호모노 도장의 기풍을 바로 잡는 데 도움이 된다고 생각했다.

무호모노라는 말은 무법자라는 말과도 통한다(무법자無法者의 일본어 발음이 무호모노임). 그것은 칼자루가 긴 크고 작은 두 개의 칼을 차고, 맨살을 드러낸 두 허벅지와 두 칼의 칼집 끝에 있는 장식을 바짝 당긴 채 돌아다니는 그들의 모습을 보고 마을 사람들이 붙여준 별명이었다.

"미야모토 무사시라는 자가 나타나면 바로 할머니에게 알려드려라."

한가와라의 부하들은 모두 이렇게 신경을 쓰고 있었지만, 이미 1년 반이 지나도록 무사시에 대한 소식은 이 에도에는 들려오지 않았다.

한가와라 야지베에는 오스기에게서 그녀의 지난 얘기를 듣고 깊이 동정했다. 그리고 당연히 무사시에 대한 감정은 오스기가 무사시에 대해 생각하는 감정과 같았다.

'대단한 할머니다. 미워해야 할 놈은 무사시라는 놈이야.'

그렇게 그는 오스기를 위해 집 뒤편의 공터에 오스기가 머물 방을 지어주고, 집에 있을 때는 아침저녁으로 문안을 드리는 등 빈객을 모시듯 오스기를 깍듯하게 대했다.

부하 중 한 명이 그에게 물었다.

"손님을 극진히 대접하는 건 좋지만 큰형님과 같은 분이 어찌 손수 그토록 정중하게 대하십니까?"

그러자 한가와라는 이렇게 대답했다.

"요즘 들어 나는 다른 이의 부모라도 나이 드신 분을 보면 효도를 하고 싶어지는구나. ……그러니 내가 돌아가신 내 부모님한테 얼마나 불효자였는지 알겠지?"

2

거리의 매화는 다 졌다. 에도에는 아직 벚꽃이 거의 보이지 않았지만, 높은 절벽 위에는 산벚꽃이 하얗게 보인다.

최근에 어떤 기특한 집에서 센소 사淺草寺 앞에 벚나무를 심었는데, 아직 어린 나무지만 올해는 꽤 많은 꽃봉오리가 맺혔다고 한다.

"할머님, 오늘은 센소 사에 한 번 같이 가 보려 하는데, 가실 마음이 있으신지요?"

한가와라의 말에 오스기가 반색하며 말했다.

"오오, 불공을 드린 지도 마침 꽤 오래되었는데…… 꼭 데려가 주시구려."

"자, 그럼."

그는 그렇게 말하고 부하인 땅딸이 주로十郎와 오치고お稚児(신사나 사찰의 축제 행렬에 때때옷을 입고 참가하는 어린이) 고로쿠小六에

게 도시락 따위를 들게 하고 교바시보리京橋堀에서 배를 탔다.

그런데 오치고라 하면 귀엽고 사랑스러운 아이를 떠올리게 마련이겠지만, 상처투성이의 몸뚱이만 보면 싸움꾼으로 타고난 듯한 덩치가 작은 사내는 노를 잘 저었다.

배가 스미다 강으로 접어들자 한가와라가 주로에게 찬합을 열라고 명했다.

"할머님, 사실은 오늘이 제 어머님의 기일입니다. 성묘를 가고 싶지만 고향이 워낙 멀어서 대신 센소 사에서 참배를 하고, 오늘 하루는 뭐 한 가지라도 선행을 하고 집으로 돌아올까 합니다. 그러니 소풍 나온 셈치고 한 잔 드시지요."

그는 뱃전에서 술잔에 담긴 술을 강에 뿌리고 오스기에게 잔을 내밀었다.

"그러신가. ……참으로 기특한 마음이구려."

오스기는 문득 언젠가 자신에게도 닥칠 죽음에 대해 생각하자 마타하치가 떠올랐다.

"자아, 조금은 드실 수 있으시죠? 물 위이긴 하지만 저희들이 있으니 안심하고 드셔도 됩니다."

"기일인데 술을 마셔도 되겠소?"

"무호모노는 거짓말과 허례허식을 가장 싫어합니다. 게다가 저희들은 무식해서 그런 걸 모릅니다."

"술을 마신 지도 꽤 오래된 듯하구려. 마셔도 이렇듯 한가로이 마시는 건 더 오랜만이고."

오스기는 술잔을 거듭 기울였다.

스미다주쿠隅田宿 쪽에서 흘러오는 강은 점점 더 넓어졌다. 시모우사下総 근처의 강기슭 쪽에는 숲이 울창하게 이어져 있었고, 강으로 뻗은 나무뿌리 근처의 강물은 그늘진 곳에서 완만하게 흘러가고 있었다.

"오, 꾀꼬리가 우는군."

"장마철에는 낮에도 두견새 우는 소리가 들리는데…… 아직은 때가 아니지요."

"자, 잔을 받으시게. 오늘은 이 늙은이도 생각지 못한 공양을 잘 받았소이다."

"그리 기뻐해주시니 저 또한 기쁩니다. 자, 술 한 잔 더 드시겠습니까?"

그때 노를 젓던 고로쿠가 부러운 듯 말했다.

"큰형님, 저희도 한잔 주십시오."

"너는 노를 잘 저어서 데리고 온 것이다. 술을 마시면 뱃길이 위험하니 돌아가서 실컷 마시거라."

"참는 게 고역입니다. 이 큰 강물이 모두 술로 보입니다."

"잔말 말고 저기 그물을 치고 있는 고깃배로 가서 고기나 좀 사거라."

고로쿠가 노를 저어 어부에게 다가가 흥정을 하자 어부는 뭐든지 마음대로 가져가라는 듯 배 바닥의 어창을 열어 보였다. 산골에서만 살던 오스기는 처음 보는 생선들에 눈이 휘둥그레졌다.

배 밑바닥에서 펄떡펄떡 뛰는 물고기를 보니 잉어와 송어가 있었다. 농어, 도미도 있고, 팔뚝만 한 새우와 메기도 있었다.

한가와라는 뱅어를 그대로 간장에 찍어 먹으며 오스기에게 권했다.

"비린내가 나는 건 잘 먹지 못하오."

오스기는 고개를 저으며 몸을 부르르 떨었다.

얼마 후, 배는 스미다 강가의 서쪽에 당도했다. 뭍에 오르니 물결이 이는 강가의 숲속에 있는 센소 사 관음당의 초가지붕이 보였다.

3

오스기는 약간 취해 있었다. 나이 탓인지 배에서 발을 옮기는데 다소 휘청거리는 것 같았다.

"위험하니 손을 잡으세요."

한가와라가 손을 내밀자 오스기는 손을 저었다.

"아니오, 괜찮소."

노인네 취급을 받는 것을 원래 싫어하는 성격이었다. 땅딸이 주로와 고로쿠는 배를 매어놓고 뒤따라 왔다. 망망한 강가에 보이는 건 물과 자갈뿐이었다.

그런데 강가에서 돌을 들추고 게라도 잡고 있었던 것으로 보이는 아이들이 배에서 내린 그들을 보고 소리쳤다.

"아저씨, 이거 사세요."

"할머니, 이거 사주세요."

아이들은 한가와라와 오스기의 주위로 몰려와서 시끄럽게 졸라댔다. 한가와라는 아이들을 좋아하는지 귀찮아하지도 않고 말했다.

"게냐? 게는 필요 없다."

그러자 아이들이 일제히 소리쳤다.

"게가 아니에요."

그들은 소매를 주머니 삼아 넣었던 것을, 품속에 넣었던 것을, 손에 들고 있는 것을 내보이며 앞 다투어 말했다.

"화살이에요, 화살!"

"아니, 화살촉이 아니냐?"

"예, 화살촉이에요."

"센소 사 옆에 있는 수풀 속에 사람과 말을 묻은 무덤이 있어요. 참배하러 가는 사람들은 거기에 이 화살촉을 바치고 비는 거예요. 아저씨도 바치세요."

"화살촉은 필요 없다. 하지만 돈은 주마. 그럼 되겠지?"

한가와라가 돈을 주자 아이들은 다시 흩어져서 화살촉을 파내고 있는데 근처의 초가집에서 아이들의 아버지로 보이는 자가 나오더니 돈을 빼앗아갔다.

"쳇!"

한가와라는 기분이 상했는지 혀를 차며 그들을 외면했고, 오스기는 별 상관 않고 드넓은 강가의 풍경을 넋을 잃고 바라보고 있었다.

"이 부근에서 화살촉이 저리 많이 나오는 걸 보니 이 강가에서도 전쟁이 있었던 모양이구려."

"잘은 모르지만 에도荏土 장원이라 불리던 시절에는 전쟁이 가끔 있었던 모양입니다. 먼 옛날, 미나모토 요리토모源頼朝가 이즈伊豆에서 건너와 간토의 군사들을 모은 것도 이 강가이고, 또 난초南朝가 다스릴 무렵, 닛타 무사시노카미新田武蔵守가 고테사시가하라小手指ヶ原 전투에서 강을 건너와 아시카가 부대에게 화살을 퍼부은 것도 이 근처라고 합니다. 최근에는 덴쇼天正 무렵, 오타 도칸太田道灌 일족이나 지바千葉 씨 일족이 흥망을 거듭한 터도 요 앞 강가의 돌밭이라고 합니다."

이런저런 얘기를 나누며 걸어가는데, 땅딸이 주로와 고로쿠는 벌써 센소 사의 불당 툇마루에 가서 앉아 있었다.

가서 보니 절은 이름뿐이었고, 갈대로 지은 불당 한 채와 중들이 거처하는 다 쓰러져가는 집이 한 채 덩그러니 불당 뒤에 있을 뿐이었다.

"아니, 이게 에도 사람들이 자랑하는 긴류 산金龍山의 센소 사란 말이오?"

오스기는 일단 실망했다.

나라와 교토 부근의 유구한 문화 유적을 본 그녀의 눈에는 너무나 원시적이었다.

홍수가 나면 숲까지 잠기는지 평소에도 불당 바로 앞까지 지류가 들어와 철썩거리고 있었다. 불당을 둘러싼 나무들은 모두 천 년이나 된 교목들이었다.

어디선가 그 교목을 자르는 도끼 소리가 흡사 괴조가 울부짖듯 이따금 쿵쿵 울렸다.

"어서 오십시오."

머리 위에서 불쑥 인사하는 소리가 들렸다.

'누구지?'

오스기가 놀라서 눈을 들어 쳐다보니 불당 지붕 위에 앉아서 갈대로 지붕을 보수하고 있는 관음당의 중들이었다.

한가와라의 얼굴은 이런 마을 변두리까지 알려져 있는 모양이다.

"수고하십니다. 오늘은 지붕인가 봅니다?"

"예, 이 부근의 나무에 큰 새가 살고 있는데 요즘 둥지를 만드는지 아무리 수리를 해놓아도 갈대를 물고 가 버리는 바람에 빗물이 새서 금방 썩습니다. ……곧 내려갈 테니 잠시만 쉬고 계십시오."

4

불당 안에 들어가서 앉고 보니 과연 빗물이 샌 자국이 보였다. 벽과 지붕에서는 별처럼 햇빛도 새어 들어오고 있었다.

여일허공주如日虛空住
혹피악인축或被惡人逐
타락금강산墮落金剛山
염피관음력念彼觀音力
불능손일모不能損一毛
혹치원적요或値怨賊遶
각집도가해各執刀加害
염피관음력念彼觀音力
함즉기자심咸卽起慈心
혹조왕난고或遭王難苦
임형욕수종臨形欲壽終

염피관음력念彼觀音力

도심단단괴刀尋段段壞

한가와라와 나란히 앉은 오스기는 소매에서 염주를 꺼내《보문품普門品》을 암송했다.

처음에는 낮은 목소리로 외다가 차츰 옆에 한가와라와 부하들이 있는 것도 잊은 듯 목소리가 커짐에 따라 얼굴도 무언가에 홀린 것처럼 변해갔다.

오스기는 한 권을 다 외자 떨리는 손가락으로 염주를 굴리며 뇌까렸다.

"나무아미타불 관세음보살. 아무쪼록 이 늙은이를 불쌍히 여기시어 하루라도 빨리 무사시를 잡게 해주시옵소서. 무사시를 잡게 해주시옵소서. 무사시를 잡게 해주시옵소서."

그리고 갑자기 몸을 숙이더니 낮은 목소리로 기원했다.

"마타하치가 훌륭한 사람이 되어 혼이덴 가문이 번성할 수 있도록 해주시옵소서."

그녀의 기원이 끝나기를 기다리며 서 있던 중이 말했다.

"저쪽에 찻물을 끓여놓았으니 맛은 없지만 차 한 잔 드시지요."

한가와라와 부하들은 오스기 때문에 저린 다리를 문지르며 일어섰다.

주로가 승낙을 구하듯 한가와라에게 말했다.

"여기서는 이제 마셔도 되겠죠?"

한가와라가 허락하자 땅딸이 주로는 불당 뒤편에 있는 중의 방 툇마루에 도시락을 펼치고 배에서 산 생선을 구웠다.

"이 근처에 벚꽃은 없지만 꼭 꽃구경을 온 기분이야."

주로와 고로쿠는 기분이 아주 좋아 보였다.

"지붕을 보수하는 데 보태 쓰십시오."

한가와라가 약간의 보시를 건네다 문득 이곳에 봉납한 참배자들의 이름을 적은 명찰을 보고 눈이 휘둥그레졌다. 대부분의 봉납은 그가 지금 한 보시 정도의 돈이거나 그보다 적었는데 그 중에서 유달리 눈에 띄는 것이 있었다.

금 열 냥
나라이의 다이조

"스님."

"예."

"천박한 질문일지 모르지만 금 열 냥이면 굉장히 큰돈인데, 나라이의 다이조라는 사람이 그렇게 부자입니까?"

"저도 잘은 모르겠지만, 작년 말경에 훌쩍 불공을 드리러 오셔서 간토에서 가장 유명한 사찰이 이래서는 안 된다며 수리를 할 때 목재 비용에 보태달라며 놓고 가셨습니다."

"세상에 그렇게 훌륭한 분도 계셨군요."

"그런데 소문을 듣자 하니 그 다이조 님은 유시마湯島의 덴진天神에도 금 석 냥을 봉납했다고 합니다. 다이라노 마사카도平の將門 공을 모신 간다神田의 묘진明神에는, 마사카도 공이 모반을 일으켰다는 것은 크게 잘못 알려진 것이고 간토 지방의 문을 여는 데도 마사카도 공의 힘이 컸다고 하시며 금을 스무 냥이나 헌납했다고 합니다. 세상에는 드물지만 그런 어진 분도 계신답니다."

그때 강가와 경내 사이에 있는 숲에서 분주하게 달려오는 발소리가 들렸다.

5

"이놈들! 놀 거면 강가에서나 놀지 경내까지 들어와서 웬 소란이냐!"

스님이 툇마루에 서서 호통을 치자 뛰어온 아이들이 송사리 떼처럼 툇마루 쪽으로 몰려가서 소리쳤다.

"스님, 큰일 났어요."

"강가에서 무사들이 싸우고 있어요."

"한 명이 네 명을 상대하고 있어요."

"칼을 빼 들고요."

"빨리 가 보세요."

중들이 신을 신으며 중얼거렸다.

"또야?"

중들은 급히 달려가려다가 한가와라와 오스기를 돌아보며 말했다.

"손님, 잠시 실례하겠습니다. 이 근처 강가가 싸우기에 좋은지 결투는 물론이고 패싸움이 끊이질 않아 피가 마를 날이 없습니다. 그때마다 부교쇼奉行所(부교의 관청)에서 시말서를 요구하는 터라 가서 봐둬야 합니다."

아이들은 벌써 강가의 숲으로 달려가서 뭐라고 소리를 지르며 흥분해 있었다.

"결투인가?"

싸움 구경이라면 빠지지 않는 한가와라의 부하 두 명과 한가와라도 달려갔다.

오스기는 맨 나중에 숲을 빠져나와 강가의 경계에 있는 나무 아래에서 바라보았지만, 그녀가 나왔을 때는 그들의 모습은 보이지 않았다.

또 그토록 떠들어대던 아이들도, 뛰어나간 어른들도, 그 외에 이 일대의 어촌에 사는 남녀 모두가 숲이나 나무 뒤에 숨어서 침을 삼키며 아무 소리도 내지 않고 있었다.

"……?"

오스기는 의아했지만, 곧 그녀도 다른 사람들처럼 숨을 죽이고 그저 가만히 지켜보고만 있었다.

돌멩이와 강물밖에 보이지 않는 드넓은 강가였다. 강물은 맑은 하늘과 똑같은 색을 띠고 있었다. 제비 한 마리가 그 하늘과 땅 사이를 자유로이 날아다니고 있었다.

그런데 저편에서 무사 한 명이 그 맑은 강물과 자갈밭 길을 걸어오고 있었다. 다른 사람의 모습은 전혀 보이지 않았다.

무사는 아직 앳된 젊은이로 등에 장검을 메고 있는 모습과 모란꽃처럼 붉은빛의 무사 하오리羽織(일본 옷 위에 입는 짧은 겉옷)를 입은 모습이 몹시 화려해 보였다. 그는 많은 사람들이 나무 뒤에 숨어 자신을 지켜보고 있는 것을 아는지 모르는지 무관심하게 걷다가 갑자기 멈춰 섰다.

"……아, 아."

오스기의 근처에 있던 구경꾼의 입에서 낮은 신음 소리가 흘러나왔다. 오스기도 눈을 반짝였다.

붉은빛의 하오리를 입은 무사가 멈춰 선 곳에서 약 10간쯤 뒤에 시체 네 구가 칼에 맞고 쓰러져 있는 것을 본 것이다. 싸움의 승패는 그것으로 이미 결정 난 셈이다. 젊은 무사는 혼자서 네 명을 상대로 싸워서 이긴 듯했다.

그런데 그 네 사람 중에 부상 정도가 심각하지 않은지 아직 숨이 붙어 있는 자가 있었다. 젊은 무사가 뒤를 돌아보자 그 사체들 사이에서 피투성이의 귀신 같은 형상을 한 자가 달려들며 소리쳤다.

"아직, 아직 승부가 나지 않았다. 도망치지 마라!"

젊은 무사는 그를 향해 돌아서서 태연하게 기다렸다.

"아직, 나, 난 아직 살아 있다."

부상자가 불덩이 같은 몸으로 소리치며 달려들자 젊은 무사는 한 걸음 뒤로 물러나며 상대를 향해 칼을 휘둘렀다.

"이래도 아직이냐!"

상대의 얼굴이 수박 쪼개지듯 두 동강이 났다. 상대를 벤 검은 젊은 무사가 등에 메고 있던 모노호시자오物干竿라고 부르는 장검이었는데, 어깨 너머로 칼자루를 잡은 손과 내리친 손목이 다른 사람의 눈에는 보이지 않을 정도로 빨랐다.

6

젊은 무사는 칼에 묻은 피를 닦고 나서 강물에 손을 씻고 있었다.

이 일대에서 가끔 벌어지던 칼싸움을 구경해온 자들은 그의 침착함에 감탄했지만, 너무나 처참한 광경에 충격을 받고 보고 있는 것만으로도 안색이 창백해져 있는 자도 있었다.

"……."

어쨌든 그동안 입을 여는 자는 아무도 없었다.

손을 다 씻은 젊은 무사는 몸을 일으키며 중얼거렸다.

"이와쿠니岩國의 강물 같군. ……고향이 생각나네."

그는 한동안 넓은 스미다 강가와 물 위를 스치듯 날아다니는 제비의 하얀 배를 바라보고 있다가 갑자기 걸음을 재촉했다. 더 이상 시체가 쫓아올 걱정은 없었지만, 뒤처리가 귀찮아졌는지 강가 나루터에 매어놓은 배를 발견하자 배에 올라 묶여 있는 줄을 풀기 시작했다.

"어이, 무사 양반!"

한가와라의 부하인 주로와 고로쿠였다.

그들은 나무 사이에서 갑자기 그렇게 소리를 치며 강가로 달려 나갔다.

"그 배를 어쩌려고 그러시오?"

따지듯 물으며 가까이 다가가자 젊은 무사의 몸에서는 아직도 피비린내가 풍겼고, 옷과 짚신에도 피가 튀어 있었다.

"……왜, 안 되나?"

그는 풀던 밧줄을 놓고 싱긋 웃으며 물었다.

"당연하지. 이건 우리 배요."

"그래? 그럼 뱃삯을 주면 되겠군."

"농담하지 마시오. 우린 사공이 아니오."

방금 혼자서 네 명을 베어버린 무사에게 이렇듯 방자하게 말할 수 있는 배포는 간토의 신흥 문화 때문이라 할 수 있다. 신임 쇼군의 위세와 에도의 힘이다.

"……."

미안하다고는 하지 않는다. 그러나 젊은 무사도 이 이상 억지를 부릴 수는 없었는지 잠자코 배에서 내려 하류 쪽으로 걸어가기 시작했다.

"고지로 님, 고지로 님 아니시오?"

오스기가 그에게로 달려가서 앞에 서자 고지로는 깜짝 놀라더니 굳은 표정을 풀고 웃으며 말했다.

"여기 계셨습니까? 안 그래도 그 후에 어떻게 됐나 궁금했습니다."

"신세를 지고 있는 한가와라 댁의 주인 일행과 관세음께 불공을 드리러 온 참이오."

"이게 얼마 만입니까? 그래, 에이 산에서 뵌 뒤로 에도로 갔다는 소리를 듣고 한 번쯤 만날 수도 있겠다고 생각했는데, 이런 곳에서 뵙게 될 줄은……."

고지로가 뒤를 돌아보더니 멍하니 서 있는 주로와 고로쿠를 눈짓으로 가리키며 물었다.

"그럼, 저들이 할머니 일행이오?"

"그렇소. 큰형님이라는 사람은 됨됨이가 된 사람이지만, 그 밑에 있는 자들은 꽤나 거칠지요."

오스기가 고지로와 친한 듯 서서 이야기를 나누고 있는 모습을 보자 사람들뿐 아니라 한가와라에게도 의외였다.

한가와라가 두 사람에게 다가가 정중하게 말했다.

"방금 제 부하들이 무례하게 군 점 사과드립니다. 저희들도 마침 돌아가려던 참이니 괜찮으시면 가시는 곳까지 배로 모셔다 드리겠습니다."

대팻밥

1

돌아가는 배 안, 동주同舟라는 말처럼 한 배에 몸을 실으면 싫어도 서로 마음이 통하게 마련이다.

하물며 술도 있고, 신선한 생선도 있었다. 게다가 오스기와 고지로는 전부터 이상하게 마음이 잘 맞았다. 두 사람은 쌓인 이야기를 풀어놓기 시작했다.

"변함없이 수련 중이신가?"

오스기가 묻자 고지로가 되물었다.

"할머니의 대망은 아직이오?"

오스기의 대망이란 말할 것도 없이 무사시를 베는 것이었다. 그러나 그 무사시의 소식을 요즘은 통 듣지 못했다고 하자 고지로가 말했다.

"작년 가을부터 겨울까지 두세 명의 무예가를 찾아갔다는 소문은 들었습니다. 아직 에도에 있는 것이 틀림없어요."

한가와라도 말을 보탰다.

"실은 나도 할머님의 사정을 듣고 미약하나마 힘을 보태고 있지만, 무사시란 자의 행방을 도무지 알 수가 없었소."

이야기는 오스기의 처지를 중심으로 이어지다 이윽고 한가와라가 말했다.

"모쪼록 앞으로 잘 부탁드리겠습니다."

그러자 고지로도 그에 화답했다.

"저야말로 잘 부탁드리겠습니다."

고지로는 그렇게 말하고는 잔을 비우더니 한가와라뿐 아니라 부하들에게도 차례대로 잔을 돌렸다.

방금 전에 강가에서 고지로의 실력을 본 두 부하는 분위기가 격이 없어지자 무조건적인 존경을 표했다. 또 한가와라 야지베에도 자기가 돌보고 있는 오스기와 같은 편이라고 하자 진심으로 그를 대했고, 오스기도 이렇듯 자신의 뒤를 봐주는 사람들에게 둘러싸여 있자 감정이 복받쳐 올랐는지 눈물을 글썽이며 말했다.

"세상살이가 각박하다고는 하지만 고지로 님과 한가와라 님의 일가 분들이 나 같은 늙은이를 이렇듯 생각해주니 뭐라고 감사해야 할지 모르겠소. 이 또한 관세음보살님의 은혜가 아닌가 하오."

분위기가 가라앉으려고 하자 한가와라가 화제를 돌렸다.

"한데 방금 전 고지로 님이 강가에서 벤 자들은 대체 어떤 자들입니까?"

한가와라가 묻자 고지로는 기다렸다는 듯이 자신의 특기인 일장 연설을 하기 시작했다.

"아아, 그들 말입니까?"

고지로는 별일 아니라는 듯 웃더니 말을 이었다.

"그자들은 오바타小幡 가문에 드나드는 낭인들인데, 얼마 전부터 대여섯 번쯤 내가 오바타를 찾아가 의견을 나누고 있으면 항상 옆에서 말참견을 하거나 군사학이며 검술에 대해서 아는 체를 하기에 그렇다면 간류巖流의 비술과 모노호시자오의 칼 맛을 보여줄 테니 몇 명이든 스미다 강가로 오라고 했었지요. 그런데 오늘 다섯 명이 기다리고 있다고 해서 나간 것뿐입니다. 한 명은 칼을 빼드는 순간 도망을 쳤는데, 에도에는 말만 앞세우는 자들이 왜 이리 많은지……."

고지로는 어깨를 들썩이며 또 웃었다.

"오바타라면?"

한가와라가 묻자 고지로가 의외라는 듯 되물었다.

"고슈 다케다 가의 오바타 뉴도 니치조小幡入道日淨의 후예인 간베에 가게노리勘兵衛景憲를 모르십니까? 조정에 출사하여 지금은 히데타다 공의 검술 선생입니다."

"아아, 그 오바타 님 말씀이군요."

한가와라는 그런 명망 높은 대가를 마치 친구처럼 말하는 고지로의 얼굴을 지그시 바라보며 마음속으로 생각했다.

'이 젊은 무사는 아직 관례도 올리지 않은 나이에 참으로 대단하군.'

2

무호모노는 단순하다. 세상일은 복잡하지만, 그 속에서 단순하게 살아가려는 것이 협객이다.

한가와라는 고지로에게 푹 빠져버렸다.

'이 사람 참 대단한 사람이구나.'

이런 생각이 들자 단순한 성격의 한가와라는 더욱더 그에게 빠져들었다.

"어떨지 모르겠습니다만……."

한가와라는 의논하듯 고지로에게 말을 꺼냈다.

"제 밑에는 늘 빈둥거리는 젊은 녀석들이 40~50명이나 됩니다. 뒤뜰에는 마침 공터도 있고…… 그곳에 도장을 지어도 되겠는지요?"

그는 은연중에 고지로를 자신의 집에서 머물게 하려는 의중을 내비쳤다.

"흐음, 가르치는 거야 어렵지 않지만, 나는 제후들이 300석, 500석을 주겠다며 소매를 잡아 끌어도 1,000석 밑으로는 봉공할 생각이 없고, 또 지금 머무르는 집에 대한 의리도 있기 때문에 갑자기 옮기는 것은 어려울 듯합니다. 하지만 한 달에 서너 번 정도 가르치는 것은 괜찮을 것 같습니다."

그 말을 듣자 한가와라의 부하들도 이윽고 고지로를 대단한 자라고 생각하게 되었다. 고지로는 무슨 말을 하든 항상 단순하지 않은 복선을 깔며 은연중에 자신을 자랑하곤 했는데, 그것을 꿰뚫어볼 능력이 그들에게는 없었던 것이다.

"그 정도만 해주셔도 충분합니다. 모쪼록 잘 부탁드리겠습니다."

한가와라가 그렇게 말하자 오스기도 거들었다.

"이 늙은이도 기다리고 있겠소이다."

고지로는 배가 교바시보리로 꺾어지는 모퉁이에서 내려달라고 말하고, 배에서 내려 곧장 마을 쪽으로 사라졌다.

"믿음직한 사람이군."

한가와라가 여전히 감탄하며 말하자 오스기도 그를 칭찬하며 말했다.

"저것이 진정한 무사가 아니겠소? 저 정도 인물이라면 500석의 다이묘 자리도 아깝지 않을 것이오."

그러고는 불쑥 혼잣말로 중얼거렸다.

"마타하치가 저 정도만 되었어도……."

그로부터 닷새쯤 지나서 고지로가 한가와라의 집에 홀연히 나타났다.

40~50명이나 되는 부하들이 줄줄이 그가 있는 객실로 인사를 하러 왔다.

"재미있게 사는 사람들이군."

고지로는 진심으로 기분이 좋은 듯 이렇게 말했다.

"여기에 도장을 세우려고 하는데 터가 괜찮은지 한 번 봐주십시오."

한가와라가 고지로를 안내하며 집 뒤편으로 데리고 갔다.

2,000평쯤 되는 공터였다.

그곳엔 염색집이 있었고, 염색한 천들을 잔뜩 널어놓고 말리고 있었다. 그 땅은 한가와라가 빌려준 것이기 때문에 얼마든지 넓게 사용할 수 있다는 것이다.

"여기라면 길에서도 떨어져 있으니 도장을 지을 필요는 없을 것 같소. 그냥 이대로 사용해도 될 듯합니다."

"하지만 비가 오면……."

"내가 매일 올 수도 없으니 당분간은 야외에서 훈련하도록 하시죠. 단, 내 훈련은 야규나 시중의 선생들보다는 훨씬 거칠 것이오. 자칫하면 다리 한쪽을 잃거나 죽을 수도 있으니 그 점을 충분히 설명한 뒤 그들의 동의를 받지 않으면 곤란합니다."

“처음부터 각오하고 있던 바입니다.”

한가와라는 부하들을 모아놓고 맹세까지 시켰다.

3

훈련일은 한 달에 3회, 3이 들어가는 날로 정하고 그날이 되면 한가와라의 집에서 고지로를 볼 수 있었다. 마을 사람들은 협객을 가르치는 진짜 협객이 나타났다며 수군거렸다. 고지로의 화려한 모습은 어디에 있든 사람들의 눈에 띄었다.

“다음, 다음.”

그런 고지로가 비파나무로 만든 긴 목검을 들고 이렇게 호령하며 염색집 건조장에서 많은 젊은이들을 가르치는 모습은 눈이 부실 정도였다.

언제쯤 돼야 관례를 올릴지, 어느덧 스물 하고도 서너 살을 더 먹은 고지로는 여전히 마에가미를 하고 있었다. 한쪽 어깨가 드러나면 시선을 끄는 모모야마桃山 자수의 속옷을 입고 있었고, 어깨에도 보라색 가죽 다스키襷(양어깨에서 양겨드랑이에 걸쳐 X자 모양으로 엇매어 일본 옷의 옷소매를 걷어매는 끈)를 매고 있었다.

“비파 목검으로 맞으면 뼈까지 부러질 것이니 그것을 각오하고 덤벼라. 자, 다음은 누구냐?”

화려한 옷차림과는 대조적으로 그의 입에서 나오는 목소리는 살벌하기 그지없었다. 게다가 훈련이라고는 하지만 고지로는 조금도 봐주지 않았다. 이 공터에서 훈련을 시작하고 나서 오늘이 세 번째인데 벌써 한 명의 절름발이와 네다섯 명의 부상자가 생겨서 집 안에서 신음하며 누워 있었다.

"이제 그만할까? 아무도 나서지 않는다면 난 돌아가겠다."

예의 독설이 시작되자 무리 중에서 한 명이 벌떡 일어서며 외쳤다.

"여기 있습니다."

그가 고지로 앞으로 나와서 목검을 잡으려는 순간 그는 목검도 잡지 못한 채 비명을 지르며 쓰러졌다.

"검법에서 방심은 어떠한 경우라도 금물이다. 이것은 그 훈련이었다."

고지로는 그렇게 말하고 주위에 있는 서른 명 남짓한 자들의 얼굴을 둘러보았다. 모두들 침을 삼키며 그의 혹독한 훈련 방식에 부들부들 떨었다.

비명을 지르며 쓰러진 사내를 우물가로 옮겨서 물을 끼얹던 자들이 웅성거리기 시작했다.

"틀렸어."

"죽은 건가?"

"숨을 쉬지 않아."

그러나 고지로는 눈길조차 주지 않았다.

"이 정도 일을 무서워한다면 검술 훈련은 하지 않는 게 낫다. 너희들은 무호모노니 협객이니 하며 여차하면 싸움을 하지 않느냐!"

고지로는 가죽 버선발로 공터에 흙먼지를 일으키며 걸음을 옮기면서 마치 강연하는 듯한 말투로 말했다.

"생각해보아라. 너희들은 발등을 밟혔다며 싸움을 걸고, 칼집을 건드렸다며 바로 칼을 뽑아 들지만 막상 진검승부가 벌어지면 몸이 굳어버릴 것이다. 계집 문제나 허세와 관련된 시답잖은 일에는 목숨을 내던지지만, 대의를 위해 목숨을 버릴 용기는 없다. 무슨 일이든 감정과 자존심에 좌우되니, 그래서는 절대로 안돼!"

고지로는 가슴을 쫙 펴고 말을 이었다.

"역시 수련을 통해 얻은 자신감이 아니면 그것은 진정한 용기가 아니다. 자, 일어서라."

고지로가 더는 건방을 떨지 못하게 하려는지 뒤에서 갑자기 한 명이 덤벼들었다. 그러나 고지로가 몸을 낮게 숙이자 불시에 덤벼든 사내는 앞으로 공중제비를 돌며 나뒹굴었다.

"아악!"

그리고 비명을 지르며 그대로 털썩 주저앉아버렸다. 그가 공중제비를 도는 사이에 비파 목검이 그의 허리뼈를 가격했던 것이다.

"오늘은 여기까지다."

고지로는 목검을 내던지고 손을 씻으러 우물가로 갔다. 방금 전에 자신이 목검으로 죽인 자가 우물가에 곤약처럼 새하얘져서 죽어 있었지만, 그는 죽은 사람의 얼굴 옆에서 손을 씻으면서도 미안하다는 말 한 마디가 없었다.

그리고 옷을 입고 나서 웃으며 말했다.

"근래, 요시와라라는 곳에 사람들의 발길이 끊이질 않는다더군. 너희들도 모두들 잘 알고 있을 거야. 누가 오늘 밤 날 거기로 데려다주지 않겠나?"

4

놀고 싶을 때는 놀고 싶다고 말하고, 마시고 싶을 때는 마시고 싶다고 말한다. 잘난 체하는 것처럼 보이기도 했지만, 한편으로는 솔직하다고 할 수 있었다. 한가와라는 고지로의 그런 성격을 좋게 생각했다.

"아직 요시와라에 가 보지 못했습니까? 한 번쯤은 가 보셔야지요. 제가 같이 가면 좋겠지만, 아무래도 사람이 한 명 죽어서 그 뒤처리를 해야 하니……."

한가와라는 고로쿠와 주로에게 돈을 건네고 고지로를 요시와라까지 안내해드리라고 말했다. 그리고 그들이 집을 나설 때 두 부하에게 단단히 다짐을 두었다.

"오늘 밤엔 너희들이 놀 생각은 하지 마라. 선생을 안내하고 잘 보살펴드려야 한다."

그러나 두 사람은 문을 나서자마자 한가와라의 말은 잊어버리고 들떠서 말했다.

"이야, 이런 일이라면 매일 심부름을 해도 좋겠어."

"선생님, 앞으로는 종종 요시와라에 가고 싶다고 말씀해주십시오."

"하하하. 알았다, 종종 그러마."

고지로는 앞장서서 걸어갔다.

해가 지자 에도는 금세 캄캄해졌다. 교토의 변두리도 이렇게 어둡지는 않았다.

'나라와 오사카의 밤도 여기보단 밝았는데…….'

에도에 온 지 1년이 넘은 고지로도 아직 밤길이 익숙지 않았다.

"너무 어둡군. 등불을 가지고 올걸 그랬어."

"기루에 등불 같은 걸 들고 갔다간 사람들이 웃습니다. 선생님, 그쪽은 수로를 파내 흙을 쌓아놓은 제방이니 아래쪽으로 가십시오."

"거기는 물웅덩이가 많지 않은가? 지금도 갈대밭으로 미끄러져서 짚신이 다 젖었어."

수로의 물이 붉게 물들었다. 올려다보니 강 건너편의 하늘도 붉게 물들어 있었다. 마을 한쪽의 지붕 위에는 늦봄의 둥근 달이 떠 있었다.

"선생님, 저깁니다."

"호오……."

세 사람은 그쪽을 바라보며 다리를 건너고 있었다. 고지로는 다리를 건너다 말고 되돌아가더니 다리 난간의 글자를 보며 말했다.

"이 다리의 이름은 무엇이냐?"

"오야지親父(자신의 아버지나 남의 아버지를 일컫는 말로 쓰이기도 하고, 노인이나 아저씨, 가게 주인 등을 친근하게 부를 때 쓰는 말이기도 하다) 다리라고 합니다."

"그건 여기도 쓰여 있는데, 왜 이런 이름이 붙은 거지?"

"쇼지 진나이라는 사람이 이 기루를 처음 만들었기 때문일 겁니다. 기루에서 유행하는 노래에 이런 것이 있습니다."

기루의 불빛이 보이자 마음이 들뜬 주로는 낮은 목소리로 노래를 부르기 시작했다.

오야지 앞에는 대나무 창窓
그 한 줄기 그리움이여.

오야지 앞에는 대나무 창
하룻밤만이라도 정을 나누리니.
오야지 앞에는 대나무 창
몇몇의 남녀가 영원히 정을 나누는구나.
정을 나누는구나…….
원한은 품지 않으리니
뗄 수 없는 인연이여.

"선생님께도 빌려드릴까요?"

"뭘?"

"이것으로 이렇게 얼굴을 가리고 가는 겁니다."

두 사람은 허리춤에서 빨갛게 물들인 수건을 꺼내 머리에 뒤집어썼다.

"으음."

고지로도 그들을 따라 허리에 감고 있던 붉은색 비단을 머리에 뒤집어쓰더니 턱 아래에서 단단히 동여맸다.

"멋있습니다."

"잘 어울립니다."

다리를 건너자 거리는 불빛에 휘황찬란했고, 격자문마다 사람들의 그림자가 일렁였다.

5

그들은 이 집에서 저 집으로 돌아다녔다.

붉은색으로 물들인 주렴도 있고, 무늬를 넣은 담황색 주렴도 있었다. 어떤 기루의 주렴에는 방울이 달려 있었는데, 손님이 들어오면 방울이 울리는 소리를 듣고 기녀들이 창가로 몰려들었다.

"선생님, 이젠 얼굴을 가려봐야 소용없습니다."

"왜?"

"이곳은 처음이라고 말씀하셨는데, 방금 들어간 집의 기녀 중에 선생님을 보더니 놀라서 소리를 지르며 병풍 뒤로 숨은 여자가 있었습니다. 이미 와본 적이 있는 것 아닙니까?"

"이상하군. 누구지?"

"시치미 떼도 소용없습니다. 그만 들어가시지요. 방금 그 집으로……."

"정말 처음인데."

"들어가 보면 알게 되겠지요."

두 사람은 방금 나온 주렴 안으로 되돌아 들어갔다. 커다란 떡갈나무 무늬를 세 갈래로 나눠서 끝에 스미야라고 쓴 주렴이었다.

기둥과 복도가 모두 절간처럼 큰 집이었는데, 마루 밑에는 아직 마르지 않은 갈대가 묻혀 있었다. 낡은 구석이라곤 찾아볼 수 없었지만, 그것이 오히려 아무 정취를 느끼지 못하게 했다. 가구도 장지문도 모두 반짝반짝 새것이었다.

세 사람이 들어간 곳은 도로에 면한 2층 방이었는데, 아직 청소를 못했는지 앞 손님의 흔적들이 여기저기 남아 있었다.

허드렛일을 하는 여자들이 무덤덤하게 그것들을 치웠다. 오나오라는 할멈이 오더니 매일 밤 잠 잘 시간도 없이 바빠서 이렇게 3년만 하다가는 죽을지도 모르겠다고 투덜거렸다.

"이게 기루인가? 살벌하군."

고지로가 구멍이 숭숭 뚫린 천장을 바라보며 쓴웃음을 지으며 말하자 오나오가 변명했다.

"이건 임시로 지은 건물이고, 지금 뒤편에 후시미나 교토에서도 볼 수 없을 만큼 으리으리한 건물을 짓고 있습니다요."

그리고 고지로를 힐끔거리면서 다시 말했다.

"무사님을 어디서 뵌 것 같은데…… 그래, 맞아. 작년에 저희들이 이곳으로 오는 도중에 뵈었네요."

고지로는 까맣게 잊고 있었지만, 그 말을 듣고 보니 고보토케 위에서 만난 스미야 일행이 떠올랐다. 그리고 그 쇼지 진나이가 이곳의 주인이라는 것도 깨달았다.

"그렇군. 그러고 보니 보통 인연이 아닌 듯하군."

고지로가 흥미를 보이는 듯하자 주로가 야유하듯 말했다.

"이거 정말 보통 인연이 아니군요. 무엇보다도 이 집에는 선생님을 알고 있는 여자도 있으니까요."

주로는 오나오에게 그 기녀를 빨리 불러오라고 말하며 얼굴 생김새와 옷차림 등을 설명했다.

"예, 알겠습니다."

그러나 대답하고 나간 오나오는 아무리 기다려도 돌아오지 않았다. 기다리다 못해 고로쿠와 주로가 복도까지 나가 보았더니 기루 안이 소란스러웠다.

"어이, 이보게."

두 사람이 손뼉을 쳐서 오나오를 불러 어찌 된 일인지 물었다.

"찾으시는 아이가 없어졌습니다."

"이상하군. 어째서 없어졌단 말인가?"

"안 그래도 진나이 주인님도 참으로 이상하다며 궁금해하고 있습니다. 예전에 고보토케 언덕에서 함께 오신 무사님과 진나이 님이 이야기하는 것을 보고는 그 아이가 숨은 적도 있었으니까요."

6

갓 마룻대를 올린 공사장이었다. 지붕은 이었지만 벽도 없고, 널빤지도 대지 않았다.

"하나기리花桐 님, 하나기리 님."

멀리서 부르는 소리가 들렸다. 산더미처럼 쌓인 대팻밥과 목재 사이를, 몇 번이나 자기를 찾아다니는 사람이 지나갔다.

"……."

아케미는 가만히 숨을 죽인 채 숨어 있었다. 하나기리는 스미야에 온 뒤로 새로 지은 이름이다.

"흥, 누가 나갈 줄 알고?"

처음에는 손님이 고지로라는 것을 알고 숨었지만, 이렇게 숨어 있다 보니 미운 것은 고지로뿐만이 아니었다. 세이주로도 밉고, 고지로도 밉고, 하치오지에서 취한 자신을 마구간으로 끌고 간 낭인도 미웠다.

매일 밤 자신의 몸을 장난감처럼 데리고 놀다 가는 손님들도 미웠다. 그들은 모두 남자였다. 남자들은 다 원수 같았다. 하지만 동시에 그녀는 또 남자를 찾기 위해서 살고 있었다. 무사시 같은 남자를.

'비슷한 사람이라도 좋아.'

그녀는 생각했다.

만약 무사시와 비슷한 사람을 만난다면 거짓 사랑이라도 위안을 받을 수 있을 것 같았다. 하지만 기루에 오는 손님 중에는 그런 사람을 찾을 수 없었다.

아케미는 그토록 갈구하고 사랑하면서도 점점 그 사람에게서 멀어지고 있다는 것을 알고 있었다. 술만 늘어갔다.

"하나기리, 하나기리."

공사장과 붙어 있는 스미야의 뒷문에서 진나이의 목소리가 가깝게 들리더니, 이윽고 공터 안에 고지로 일행의 모습도 보였다.

그들은 사과하는 진나이에게 실컷 불평을 늘어놓더니 공터에서 거리로 나갔다. 필시 포기하고 돌아간 듯했다. 아케미는 마음을 놓고 얼굴을 내밀었다.

"어머, 하나기리 님, 거기에 있었어요?"

부엌에서 일하는 여자가 새된 목소리로 말했다.

"……쉿!"

아케미는 손을 저으며 큼지막한 부엌 입구를 힐끔거리면서 말했다.

"시원한 술 한 잔 줄래요?"

"술이요?"

"예."

아케미의 낯빛이 심상치 않은 것을 느끼고 바리때가 넘치도록 술을 따라주자 아케미는 눈을 감고 단숨에 마셨다.

"어? 어디 가게요? 하나기리 님 어디 가요?"

"조용히 해요. 발을 씻고 들어갈 거예요."

부엌 여자는 안심하고 문을 닫았다.

하지만 아케미는 흙이 묻은 발 그대로 마침 그 자리에 있던 신발을 신고 거리로 나갔다.

"아아, 기분 좋다."

빨간 불빛에 물든 거리를 많은 남자들이 오가고 있었다.

아케미는 그들을 보고 저주하듯이 침을 뱉고는 달려갔다.

"뭐야, 이 인간들은."

거리는 금세 어두워졌다. 수로 속에 떠 있는 하얀 별을 가만히 내려다보고 있는데, 뒤에서 급하게 뛰어오는 발소리가 들렸다.

"……어? 스미야의 제등 같은데. 무시해버리자. 저것들은 거리를 방황하고 있는 사내들을 꼬드겨서 뼛속까지 우려먹으려고 든단 말이야. 내 피와 살이 저것들의 배를 불리는 데 쓰이게 할 순 없지. 이젠 절대로 돌아가지 않을 테야."

세상의 모든 사람들이 적으로 보였다. 아케미는 목적지도 없이 캄캄한 어둠 속으로 달려갔다. 머리에 붙어 있는 대팻밥 하나가 어둠 속에서 팔랑거리며 멀어져갔다.

올빼미

1

다른 기루에 들러 실컷 놀았는지 고지로는 거나하게 취해 있었다.

"어깨…… 어깨를……."

"선생님, 어떻게 하라고요?"

"걷지를 못하겠으니 양쪽에서 어깨를 부축하란 말이다."

고지로는 주로와 고로쿠의 어깨에 매달려서 밤이 이슥한 기루 거리를 비틀거리며 돌아가고 있었다.

"그러니까 주무시고 가자고 했지 않습니까?"

"그런 곳에서 어떻게 자? ……그래, 스미야에나 한 번 더 가 보자."

"그만두세요."

"왜, 왜?"

"선생님을 피해서 숨어버린 여자를 억지로 잡아놓고 놀아서 뭐 합니까?"

"……음, 그런가?"

"선생님은 그 여자한테 반한 모양이죠?"

"후후후."

"왜 웃으십니까?"

"난 여자한테 반한 적이 없다. ……그런 성격인가 봐. 좀 더 큰 야망을 품고 있으니까."

"선생님의 야망은 뭐죠?"

"말하지 않아도 알 거야. 검을 잡은 이상, 어찌 검의 제일인자가 되지 않을 수 있단 말이냐? 그러자면 쇼군 가의 사범이 되는 게 상책인데……."

"애석하지만 이미 야규 가가 있고…… 얼마 전에는 오노 지로에몬小野治郎右衛門이라는 사람도 추천을 받았다고 하던데."

"지로에몬…… 그런 자가 어찌. ……야규 역시 두려울 게 없어. 두고 봐, 내가 머지않아 그놈들을 밀어내고 말 테니까."

"……위험합니다. 선생님, 먼저 발밑부터 조심하십시오."

기루의 불빛은 어느새 등 뒤에 있었고, 지나가는 사람도 전혀 없었다.

파다 만 수로의 끄트머리까지 왔다. 흙을 쌓아둔 곳에 버드나무가 반쯤 묻혀 있었고, 한쪽은 키가 작은 갈대와 물웅덩이 위로 하얀 별이 반짝이고 있었다.

"미끄럽습니다."

주로와 고로쿠가 제방 위에서 취한 고지로를 부축하며 내려갈 때였다.

"앗!"

소리친 사람은 고지로였다. 또 갑자기 그 고지로에게 뿌리쳐진 두 사람이기도 했다.

"누구냐!"

고지로는 제방에 엎드리며 다시 소리쳤다. 뒤에서 불의의 기습을 했던 사내도 그 기세를 못 이기고 발을 헛디뎠는지 앗, 하고 비명을 지르며 아래쪽 습지로 미끄러졌다.

"잊었느냐, 사사키?"

어디선가 이렇게 외치는 소리가 들렸다.

"일전에는 스미다 강가에서 용케도 내 동문들을 넷이나 죽였겠다!"

다른 자의 목소리였다.

고지로가 제방 위로 뛰어올라 소리가 난 곳을 살펴보자, 나무와 흙무더기와 갈대 뒤에 열 명이 넘는 자들이 숨어 있었다. 고지로가 제방 위에 서자 그들은 일제히 칼을 겨누며 고지로에게 다가갔다.

"오바타의 문하생들이구나. 일전엔 다섯 놈이 왔다가 네 놈이 목숨을 잃었는데, 오늘은 몇 놈이 와서 몇 놈이 죽고 싶은 거냐? 원하는 만큼 베어주마. 비열한 놈들, 덤벼라!"

고지로가 어깨 너머에 있는 모노호시자오의 칼자루를 잡았다.

2

히라카와텐진平河天神 신사와 등을 맞대고 숲을 지고 있는 저택이었다. 오바타 간베에 가게노리는 초가지붕에 새 강당과 현관을 이어 짓고 군사학을 가르치고 있었다.

간베에는 원래 다케다 가문의 가신으로 고슈 출신 중에서도 무문武門으로 명성이 높은 오바타 뉴도 니치조의 계통이다.

다케다 가가 멸망한 뒤로는 오랫동안 초야에 묻혀 지내다가 간베에 대에 이르러 이에야스의 부름을 받고 전쟁에 나가기도 했지만, 이제는 늙고 병이 들어 여생을 군사학을 가르치며 봉공하고 싶다고 청을 올려 지금의 이곳으로 옮겨온 것이었다.

막부는 그를 위해 번화가의 한 구획을 택지로 내리기도 했지만, 간베에는 이렇게 말하며 고사했다.

"고슈 출신의 무인이 호화스런 저택이 줄지어 있는 곳에 사는 것은 어울리지 않습니다."

그는 퇴임 후에 히라카와텐진 근처에 있는 낡은 농가를 수리하여 그곳 병실에 틀어박혔는데, 근래에는 강의 때도 좀처럼 얼굴을 보이지 않았다.

그의 집 뒤에 있는 숲에는 낮에도 올빼미 소리가 들릴 정도로 올빼미가 많아서 간베에는 스스로를 '은사효옹隱士梟翁'이라 부르며 병든 자신을 두고 '나도 저들 무리 중 한 마리인가.' 하고 쓸쓸하게 웃곤 했다.

그가 앓는 병은 일종의 신경통 같은 것이었다. 발작이 일어나면 좌골 부근부터 몸의 절반이 극심한 통증에 시달린다.

"스승님, 좀 괜찮아지셨습니까? 물이라도 한 모금 드시지요."

그의 곁에서는 늘 호조 신조北条新藏라는 제자가 시중을 들고 있었다.

신조는 호조 우지카쓰北条氏勝의 아들로 아버지의 뒤를 이어 호조류 검법을 완성시키기 위해 간베에의 제자가 되어 소년 시절부터 물을 긷고 장작을 패며 고된 수련을 쌓아온 청년이었다.

"……이젠 많이 좋아졌다. 곧 새벽인데 잠도 못 자고…… 가서 좀 자도록 해라."

간베에의 머리카락은 새하얗게 셌다. 몸은 늙은 매화나무처럼 앙상하게 말랐다.

"제 걱정은 마십시오. 저는 낮에 잠을 자고 있습니다."

"아니다. 내 대신 강의를 할 수 있는 사람은 너밖에 없다. 낮에도 눈을 붙일 시간이 잘 나지 않을 게다."

"자지 않는 것도 수련이 아니겠습니까."

신조는 스승의 앙상한 등을 문지르다가 문득 꺼질 듯 가물거리는 등잔을 보고 기름병을 가지러 일어섰다.

"……응?"

베개를 깔고 엎드려 있던 간베에가 몸을 젖히며 고개를 들었다.

그 얼굴이 등불에 드러났다.

신조는 기름병을 든 채 스승의 눈을 보며 물었다.

"왜 그러십니까?"

"네겐 들리지 않느냐? ……물소리다. ……우물 근처에서 물소리가 나."

"아아, 인기척이……."

"이런 시간에 누구지? 제자 녀석들 중에서 또 누가 놀러 나갔다 온 모양이군."

"필시 그런 듯합니다. 제가 가 보겠습니다."

"잘 타이르도록 해라."

"예. 피곤하실 텐데 그만 주무시지요."

간베에는 날이 밝아오자 통증도 멎었는지 곤히 잠이 들었다. 신조는 스승의 어깨까지 이불을 끌어올려서 살짝 덮어준 뒤 뒷문을 열고 보니 두 제자가 우물가에서 두레박으로 물을 퍼서 손과 얼굴의 피를 씻어내고 있었다.

3

호조 신조는 그 모습을 보고 깜짝 놀란 듯 미간을 찌푸리며 버선발로 우물가까지 뛰어갔다.

"너희들이 기어이……."

이 말에는 그토록 하지 말라고 질책해도 지금은 소용없어진 것을 본 탄식과 놀라움이 담겨 있었다.

우물 뒤에는 중상을 입고 두 사람에게 업혀 온 또 한 명의 제자가 당장이라도 숨이 끊어질 듯 신음을 토해내며 누워 있었다.

"앗, 신조 님."

몸에 묻은 피를 닦아내고 있던 두 사람은 그를 보자 금방이라도 울 것 같은 표정으로 말했다.

"분, 분합니다!"

동생이 형에게 호소하듯 이를 갈며 울부짖었다.

"바보 같은 놈!"

간신히 화를 참는 듯한 신조의 목소리였다.

"이 멍청한 놈들아!"

그는 다시 한 번 욕을 하고 말을 이었다.

"그는 너희들의 상대가 아니니까 그만두라고 몇 번이나 말렸건만, 어째서 그랬느냐?"

"하지만…… 하지만 여기에 와서 감히 병상에 계신 스승님을 능욕하고, 스미다 강가에서는 동문들을 넷이나 죽인 그 사사키 고지로를 어찌 그냥 둘 수 있단 말입니까? 화를 누르고, 손발을 묶고, 잠자코 참고 있으라는 신조 님의 말씀은 너무 억지입니다."

"뭐가 억지란 말이냐?"

비록 나이는 어리지만 신조는 오바타 문중의 수제자이자 스승이 병상에 누워 있는 동안에는 스승을 대신하여 제자들을 가르치는 위치에 있었다.

"너희들이 상대할 수 있는 자라면 내가 제일 먼저 나섰을 것이다. 얼마 전부터 도장에 찾아와서 병상에 누워 계신 스승님께 무례한 말을 지껄여대고 우리에게도 방약무인하게 행동하던 그자를 내가 무서워서 그냥 둔 줄 아느냐?"

"하지만 세상 사람들은 그렇게 생각하지 않습니다. 게다가 그자는 스승님뿐만 아니라 스승님의 군사학에 대해서도 폄훼하고 다니고 있습니다."

"떠들면 떠드는 대로 내버려두면 되지 않느냐? 스승님의 진가를 알고 있는 사람들이 설마 그런 풋내기와 논쟁을 벌여 졌다고 생각하겠느냐?"

"신조 님은 어떨지 모르지만 저희들은 가만히 있을 수가 없습니다."

"그럼, 어쩔 생각이냐?"

"그놈을 베서 똑똑히 알려줄 참입니다."

"내가 말리는 데도 듣지 않더니 스미다 강가에서는 네 명이나 죽고, 또 오늘 밤에도 그에게 지고 돌아오지 않았느냐. 스승님의 얼굴에 먹칠을 한 것은 결과적으로 고지로가 아니라 제자인 너희들이다."

"말씀이 지나치십니다. 우리가 무슨 대단한 잘못을 했기에 스승님의 얼굴에 먹칠을 했다는 겁니까?"

"그럼, 고지로를 베었느냐?"

"……."

"오늘 밤에도 죽은 자는 필시 우리 쪽일 터. ……너희들은 그 자의 실력을 전혀 모른다. 비록 고지로라는 자가 나이도 어리고, 그릇도 크지 않고, 옹졸하고 거만하지만, 그가 지니고 있는 천부적인 재능, 그런 재능을 어떻게 단련할 수 있었는지 그 모노호시자오라는 장검을 다루는 실력만큼은 결코 부정할 수 없다. 그런 자를 얕잡아보았다간 오히려 우리만 크게 낭패를 당하고 말 것이다."

문하생 중 한 명이 잡아먹을 듯이 신조의 눈앞으로 바짝 다가서며 말했다.

"그럼, 그놈이 어떤 행패를 부려도 우리는 그저 손 놓고 구경만 하라는 말씀입니까? 신조 님은 그놈이 그렇게 무섭습니까?"

4

"그렇다. 그렇게 말해도 어쩔 수 없다."

신조는 고개를 끄덕이면서 말을 이었다.

"내 태도가 겁쟁이로 보인다면 겁쟁이라고 불러도 좋다."

그때 중상을 입고 땅바닥에서 신음하고 있던 자가 신조와 두 동료의 발밑에서 괴로운 듯 호소했다.

"물, 물 좀 줘."

"아…… 맞다."

두 사람이 양옆에서 안아 일으켜 두레박의 물을 떠서 먹이려고 하자 신조가 황급히 말렸다.

"잠깐! 지금 물을 먹였다간 곧 죽고 말 거다."

두 사람이 망설이고 있는 동안에 중상자가 고개를 뻗더니 두레박에 머리를 박고 물을 한 모금 마셨다. 그리고 그대로 두레박에 얼굴을 처박은 채 죽어버렸다.

"……."

아침 달이 떠 있는 하늘에서 올빼미가 울었다.

신조는 아무 말 없이 그 자리를 떴다.

집으로 돌아온 그는 스승의 병실을 몰래 들여다보았다. 간베에는 깊이 잠들어 있었다. 그는 가슴을 쓸어내리고 자기 방으로 물러갔다.

읽다 만 병서가 책상 위에 펼쳐져 있었다. 그는 책을 읽을 틈도 없이 매일 밤마다 스승의 병간호에 매달렸다. 자리에 앉자 긴장이 풀리고 피곤이 한꺼번에 몰려왔다.

신조는 책상 앞에 팔짱을 끼고 앉아 깊은 한숨을 내쉬었다. 자신이 아니면 누가 스승의 병상을 지키겠는가.

도장에는 자신처럼 도장에서 기거하는 제자가 몇 명 더 있었지만, 모두 무뚝뚝한 서생들이다. 도장에 다니는 자들은 더했다. 잘난 척 무武를 논하며 고적한 스승의 심정을 깊이 헤아리는 자는 거의 없었다. 걸핏하면 밖에서 싸움질이나 일삼을 뿐이었다.

이번 일만 해도 그렇다. 신조가 도장을 비운 사이에 사사키 고지로가 병서에 대해 질의할 것이 있다며 간베에를 찾아왔을 때, 제자들이 간베에를 만나게 해주었더니 가르침을 얻고 싶다던 고지로가 오히려 간베에를 능욕하려는 듯한 태도를 보이자 제자들이 그를 별실로 데리고 가서 그의 불손함을 힐책하자 고지로가 큰소리를 치며 언제든 상대해주겠다고 하고 돌아간 것이 원인이었다.

원인은 늘 사소했다. 그러나 결과는 걷잡을 수 없이 커졌다. 원인은 바로 고지로가 에도에서 오바타의 군사학은 천박하다든가, 고슈류니 뭐니 하는데 그것은 예전부터 있던 구스노키류楠流나 당서唐書인 《육도六韜》를 살짝 변형해서 만들어낸 저속한 군사학이라며 폄훼하고 다닌 것에 있었다. 그 이야기가 제자들의 귀에 들어가자 결국 오바타의 제자들이 다 같이 살려둬서는 안 되겠다고 그에게 복수를 다짐하기에 이르른 것이었다.

신조는 문제가 너무 사소하고, 스승이 병중에 있으며, 또 상대가 군사학을 논하는 학자가 아니라는 점을 들어 처음부터 반대했다. 그리고 스승의 아들인 요고로余五郎가 여행 중이라는 이유를 들어 절대로 이쪽에서 먼저 싸움을 걸어서는 안 된다고 경계하던 참이었다.

그럼에도 불구하고 얼마 전엔 신조에게 알리지도 않고 스미다 강가에서 고지로와 싸움을 벌였고, 어젯밤에도 매복하고 있다 오히려 고지로에게 호되게 당해서 열 명 중에 살아서 돌아온 자가 얼마 되지 않은 듯했다.

"참으로 어리석은 짓을……."

신조는 가물거리는 등잔불을 향해 몇 번이고 탄식하면서 팔짱을 낀 채 깊은 시름에 잠겼다.

5

책상 위에서 팔베개를 하고 엎드린 채 자고 있던 신조가 문득 눈을 떠보니 어디선가 웅성거리는 소리가 어렴풋이 들렸다. 그는 이내 제자들이 모였다는 것을 알아채고는 새벽녘의 일이 머릿속에 떠올랐다.

하지만 웅성거리는 소리는 멀리서 들렸다. 강당을 들여다보았지만 아무도 없었다.

신조는 짚신을 신었다. 뒤편으로 나와 어린 대나무가 쑥쑥 자라고 있는 대나무 숲을 지나자 울타리도 없는 히라카와텐진 신사의 숲으로 이어졌다.

살펴보니 그곳에 많은 사람들이 모여 있었는데, 아니나 다를까 오바타 도장의 문하생들이었다.

새벽녘에 우물가에서 상처 부위를 씻던 두 제자는 하얀 천으로 팔을 감아 목에 걸고 창백한 표정으로 동문들에게 어젯밤의 참패에 대해 이야기하고 있었다.

"그럼, 뭐야? 고지로 한 명을 상대하러 열 명이나 가고도 그 절반밖에 돌아오지 못했단 말이야?"

"유감스럽지만 그놈이 모노호시자오라고 부르는 장검을 휘두르는 데는 당해낼 재간이 없었네."

"무라타村田, 아야베綾部 등은 평소에도 부지런히 검술 수련을 쌓던 자들인데."

"오히려 그 둘이 맨 먼저 칼에 맞아 죽었고, 나머지도 모두 중상 아니면 경상을 입었네. 요소베에与惣兵衛도 여기까지 오기는 했지만, 물을 한 모금 마시더니 우물가에서 죽고 말았고. 정말이지 분하고 억울해서 미칠 지경이네."

모두들 침통한 얼굴로 입을 꾹 다물고 있었다. 평소에 군사학에만 경도되어 있던 이들은 소위 검술이란 병졸들이나 배우는 것으로 장수가 힘써 익힐 바가 아니라고 생각하는 자가 많았다.

그런데 어이없게도 사사키 고지로라는 자 단 한 명에게 한 번도 아니고 두 번이나 동문들이 죽임을 당하자 평소 경멸해 마지않던 검술에 자신이 없는 것이 그저 슬프기만 했다.

"어떻게 할 건가?"

이윽고 누군가 침묵을 깨고 신음하듯 말했다.

"……."

무거운 침묵 속에 오늘도 올빼미가 울고 있었다. 그때 누군가 불쑥 좋은 생각이 떠오른 듯 입을 열었다.

"내 사촌이 야규 가에서 일하고 있는데, 야규 가에 상의해서 도움을 받으면 어떻겠나?"

"바보 같은 소리!"

몇 명이나 그렇게 말했다.

"그런 부끄러운 짓을 어떻게 할 수 있단 말인가? 그것이야말로 스승님의 얼굴에 먹칠을 하는 것이나 다름없네."

"그럼 어쩌자는 거야?"

"여기에 있는 사람들만으로 다시 한 번 사사키 고지로에게 결투장을 보내도록 하세. 어두운 곳에 숨어서 기습하는 짓 따위는 하지 않는 것이 좋네. 오바타 도장의 명예만 더럽힐 뿐이니까."

"그럼, 두 번째 결투장인가?"

"설령 몇 번을 패한다 해도 이대로 물러설 수야 없지."

"맞는 말이야. ……하지만 신조가 알게 되면 또 시끄러워질 텐데."

"그렇겠지. 병상에 누워 계시는 스승님과 그 비서 제자에게도 비밀로 해야 하네. 그럼, 신사에서 붓과 벼루를 빌려와서 바로 편지를 써서 고지로에게 보내도록 하세."

모두들 일어나 히라카와텐진 신사 쪽으로 걸어가는데 앞에서 걷던 자가 갑자기 깜짝 놀라며 뒤로 물러났다.

"……어?"

그 순간 모두가 그 자리에 못이 박힌 듯 멈춰 섰다. 그리고 그들의 시선은 일제히 히라카와텐진의 참배전 뒤편에 있는 낡은 회랑 위로 쏠렸다.

햇빛이 잘 드는 벽에 청매실이 달린 늙은 매화나무가 그려져 있었는데, 사사키 고지로가 그 난간에 한쪽 발을 얹고 아까부터 숲속의 모임을 보고 있었던 것이다.

6

그들은 순간 너무 놀란 나머지 얼굴이 창백해졌다. 그리고 자신들의 눈을 의심하듯 회랑 위의 고지로를 올려다보며 뭐라 말을 하기는커녕 숨조차 쉬지 못하고 온몸이 경직되어 있었다.

고지로는 거만한 미소를 머금고 그들을 눈 아래로 내려다보면서 말했다.

"지금, 여기에서 듣자 하니 아직 분이 풀리지 않았는지 내게 결투장을 보내려고 하는 것 같은데 그 수고를 덜어주겠다. 난 아직 어젯밤에 묻은 피를 씻지도 않고, 필시 너희들이 작당할 것을 예상하고 비겁자의 뒤를 쫓아 이곳 히라카와텐진으로 와서 밤새 기다리던 참이다."

고지로가 예의 유창한 언변으로 이렇게 소리치자 그 기세에 눌렸는지 사람들은 찍소리도 못했다.

"그런데 오바타의 제자들은 결투를 하는 데도 길일을 따지는가? 아니면 어젯밤처럼 상대가 술을 마시고 돌아가는 길목에 매복해 있다가 어둠 속에서 기습을 하지 않으면 싸우지 못한단 말인가?"

"……."

"왜 말들을 못하는 거냐? 살아 있는 자가 한 마리도 없단 말인가? 한 명씩 와도 되고, 떼거리로 덤벼도 좋다. 나 사사키 고지로는 너희들 같은 놈들이 철갑을 두르고 북을 울리며 덤벼들어도 줄행랑을 칠 무사가 아니다."

"……."

"어찌 된 일이냐!"

"……."

"결투는 포기한 것이냐?"

"……."

"용기가 있는 자는 없느냐?"

"……."

"잘 듣고 가슴에 새겨두어라. 나는 도다 고로자에몬富田五郎左衛門의 제자이며, 가타야마 호키노카미 히사야스片山伯耆守久安의 비법을 터득하고 스스로 간류라는 유파를 세운 고지로다. 서책이나 읽으며 육도니 손자니 들먹이면서 탁상공론을 늘어놓는 너희들과는 실력이 다르고, 배포가 다르다."

"……."

"평소에 너희들이 오바타 간베에에게 무엇을 배우고 있는지는 모르지만, 군사학이란 것이 무엇이냐? 나는 지금 너희들에게 그 실체를 몸소 가르쳐주고 있는 것이다. 어젯밤처럼 어둠 속에서 불의의 기습을 당했을 때, 설령 이겼다 해도 대부분의 사람들은 일단 안전한 곳으로 몸을 피하게 마련이다. 그러나 나는 적을 베고 또 베고도 아직 살아남아서 도망친 자들을 쫓아 이렇게 불시에 적의 본거지에 나타나서 적들이 다시 싸울 의지를 꺾어버리려고 한다. 이것이야말로 군사학의 비법이 아니겠는가!"

"……."

"나는 검술가이지 군사학자가 아니다. 그런데도 군사학을 가르치는 도장에까지 와서 건방지게 아는 체했다고 나를 욕하는 자도 있는데, 이제 내가 천하의 검호일 뿐 아니라 군사학에도 능통하다는 것을 잘 알았을 것이다. ……하하하하. 이런 내가 너희들 앞에서 당치도 않은 군사학 강의를 하고 말았군. 이 이상 강의를 했다가는 병든 오바타 간베에가 먹고살 방편을 잃을지도 모르겠구나. ……아아, 목말라. 어이, 고로쿠, 주로. 이 눈치 없는 자들아, 물 한 잔 가지고 오너라."

고지로가 뒤를 돌아보며 말하자 참배전 옆에 있던 주로와 고로쿠가 기세 좋게 대답했다.

"예!"

그들은 곧 토기에 물을 떠 오더니 고지로에게 물었다.

"선생님, 결투는 하는 겁니까, 마는 겁니까?"

고지로는 다 마신 토기를 망연히 서 있는 오바타의 문하생들 앞으로 내던지며 말했다.

"저기 멍한 표정으로 서 있는 자들한테 물어봐라."

"하하하, 저자들 표정을 보십시오."

고로쿠가 조롱하듯 말하자 주로도 거들었다.

"꼴좋구나. 자존심도 없는 놈들 같으니. ……선생님, 이만 가시죠. 아무리 봐도 어느 한 놈 덤빌 놈이 없을 듯합니다."

7

나무 뒤에 숨어서 고지로가 두 사람을 데리고 당당한 모습으로 히라카와텐진 밖으로 사라질 때까지 바라보던 신조가 중얼거렸다.

"이놈, 어디 두고 보자."

쓴 즙을 삼킨 것처럼 온몸이 분노로 부르르 떨렸지만, 지금은 그저 참을 수밖에 없었다.

허를 찔린 제자들은 참배전 뒤편에서 여전히 아무 말도 못한 채 창백한 표정으로 서 있었다. 고지로가 말한 대로 그들은 완전히 고지로의 전법에 당하고 말았다.

겁에 질린 그들의 얼굴에서는 처음의 호기로운 기세는 찾아볼 수 없었다.

동시에 온몸을 불같이 타오르게 했던 분노도 먼지 같은 재로 변해버린 듯했다. 누구 하나 고지로를 쫓아가는 사람은 없었다.

그때, 강당 쪽에서 동료 한 명이 지금 마을의 관집에서 관을 다섯 개나 보내왔는데 왜 그리 많이 주문했는지 물어보러 왔다.

"……."

말하는 것조차 싫은 듯 대답하는 사람이 아무도 없었다.

"관집에서 온 사람이 기다리고 있는데……."

그가 재촉하자 그제야 누군가 침통한 표정으로 말했다.

"아직 시체를 수습하러 보낸 사람이 도착하지 않았으니 잘은 모르겠지만, 아마 하나 더 필요할지 모르니 나중에라도 부탁하기로 하고 가져온 것은 헛간에 잠시 놔두게."

이윽고 관은 헛간에 쌓였고, 각자의 머릿속에도 그 환영이 하나씩 쌓였다.

관은 병실의 간베에가 모르도록 몰래 옮겼지만, 간베에도 어렴풋이 짐작은 하고 있는 듯했다. 그러나 아무것도 묻지 않았고, 그의 곁에 대기하고 있는 신조 역시 아무런 보고도 하지 않았다.

흥분해 있던 사람들은 그날 이후로 벙어리가 된 듯 침통한 표정으로 거의 아무 말도 하지 않았다. 하지만 누구보다도 소극적이고 겁쟁이로 보였던 신조는 늘 가슴속이 분노로 타오르고 있었다.

그는 홀로 때를 기다리고 있었다. 그렇게 때를 기다리던 어느 날 신조는 병상에 누워 있는 스승의 베갯맡에서 보이는 커다란 느티나무 나뭇가지에 올빼미 한 마리가 날아와 앉아 있는 것을 발견했다.

그 올빼미는 늘 같은 나뭇가지에 앉아 있었는데, 무슨 연유인지 한낮의 달을 보며 애절하게 울어댔다.

여름이 지나고 초가을 무렵부터 간베에의 병세는 합병증이 생기면서 더 위독해졌다.

신조는 올빼미 소리가 마치 스승의 죽음이 멀지 않았다는 것을 알려주는 것처럼 들렸다.

간베에의 외아들 요고로는 여행 중이었지만 아버지가 위중하다는 소식을 듣고 곧장 돌아오겠다는 편지를 보내왔다.

지난 네댓새는 요고로가 먼저 도착할지, 간베에가 먼저 세상을 떠날지 걱정하면서 보낸 날들이었다. 그러나 어느 쪽이 먼저든 신조에게는 자신의 결의를 단행할 날이 다가오고 있을 뿐이었다.

요고로가 돌아오기로 한 전날 밤, 신조는 유서를 남기고 오바타 도장의 문 앞에서 작별을 고했다.

"스승님의 허락 없이 이렇게 떠나는 죄를 부디 용서해주십시오."

그는 나무 아래에서 스승이 있는 병실을 향해 절을 하고 그곳을 떠났다.

"내일은 아드님인 요고로 님이 오실 것이니 저는 안심하고 떠납니다. 하지만 제가 과연 고지로의 목을 들고 스승님께서 살아계시는 동안 다시 뵐 수 있겠는지요. 만에 하나라도 저 역시 고지로에게 죽임을 당한다면 한 발 먼저 가서 스승님을 기다리고 있겠습니다."

(7권으로 이어집니다)

요시카와 에이지 대하소설

미야모토 무사시 | 6 | 공空의 권 上

1판 1쇄 인쇄 2020년 2월 3일
1판 1쇄 발행 2020년 2월 7일

지은이 | 요시카와 에이지
옮긴이 | 김대환
펴낸이 | 김대환
펴낸곳 | 도서출판 잇북

책임디자인 | 한나영
인쇄 | 에이치와이프린팅

주소 | (10893) 경기도 파주시 와석순환로 347, 212-1003
전화 | 031)948-4284
팩스 | 031)624-8875
이메일 | itbook1@gmail.com
블로그 | http://blog.naver.com/ousama99
등록 | 2008. 2. 26 제406-2008-000012호

ISBN 979-11-85370-31-6 04830
ISBN 979-11-85370-25-5(세트)

※값은 뒤표지에 있습니다. 잘못 만든 책은 교환해드립니다.

이 도서의 국립중앙도서관 출판예정도서목록(CIP)은 서지정보유통지원시스템 홈페이지(http://seoji.nl.go.kr)와 국가자료종합목록 구축시스템(http://kolis-net.nl.go.kr)에서 이용하실 수 있습니다. (CIP제어번호 : CIP2020002029)